# L'INCROYABLE VOYAGE

Sheila BURNFORD

# L'incroyable voyage

*Traduit de l'américain par
Suzel et Jérôme Nadaud*

PRESSES DE LA CITÉ

Titre original :
*The Incredible Journey*

Loi n° 49-956 du 16 juillet 1949 sur les publications destinées
à la jeunesse : juillet 1997.

© 1960, Sheila Burnford.
© 1962, Presses de la Cité, pour la traduction française.
© 1997, éditions Pocket, Paris, pour la présente édition.

ISBN 2-266-07726-0

PRÉFACE

## Où la réalité dépasse la fiction

Parcourir cinq cents kilomètres à travers la forêt, les montagnes, les lacs et les torrents, sans carte, sans boussole, sans aucun point de repère, pour retrouver une personne aimée... L'exploit réalisé par les trois compagnons de *L'Incroyable Voyage* dépasse, et de loin, les capacités humaines.

Lequel d'entre nous pourrait ainsi repérer son chemin dans une nature parfois hostile, sans dévier de son but, en vivant des ressources du terrain, puis retrouver quelqu'un dans la foule des grandes cités, encore une fois sans utiliser le moindre repère ?

Bien sûr, c'est du cinéma.

Bien sûr, l'histoire de ces deux chiens et de cette chatte n'est pas une histoire vraie.

Mais la réalité dépasse encore la fiction. L'incroyable voyage imaginé par la romancière Sheila Burnford a été vécu par d'autres chiens, d'autres chats qui, eux aussi, ont traversé des pays entiers pour retrouver leurs maîtres.

**Des chiens surdoués**

Ainsi Baron, un caniche qui appartenait à Victor Hugo. Le poète l'avait offert à son ami le marquis de Faletans, attaché d'ambassade à Moscou, après que ce dernier eut manifesté son admiration et son amitié pour l'animal. Le chien suivit donc son nouveau maître jusqu'en Russie, par un long voyage à travers la France, l'Allemagne et la Pologne.

Plusieurs semaines plus tard, Victor Hugo reçut une lettre de son ami l'avisant que le chien avait disparu et que, malgré ses recherches, il n'avait pas pu le retrouver. Sans doute avait-on dû le lui voler…

Des mois plus tard, un chien décharné, les pattes en sang et le poil couvert de boue gratte en pleine nuit à la porte du poète. C'est Baron. Dès qu'il l'aperçoit, Hugo en est certain. Il ne peut y avoir de doute.

Mais comment le chien a-t-il pu parcourir les milliers de kilomètres qui séparent Moscou de Paris, malgré la neige, le froid, les innombrables obstacles naturels ? Comment a-t-il pu s'orienter dans ces contrées qu'il avait traversées en carrosse quelques mois plus tôt ? Comment a-t-il survécu, comment s'est-il nourri, comment a-t-il trouvé la force d'effectuer un tel voyage ? Victor Hugo, bouleversé, conserva bien sûr cet extraordinaire animal, qui fut soigné et vécut encore sept ans auprès de son maître.

Un corniaud du nom de Moffino effectua une semblable odyssée. Il appartenait à un caporal italien servant dans un régiment de la Grande Armée, en 1812, et fut séparé de son maître dans la confusion du franchissement de la Berezina, lors de la retraite de Russie.

Le caporal le tenait pour mort et l'avait oublié lorsque, l'année suivante, Napoléon ayant été vaincu, il s'en était retourné chez lui, à Milan.

Un beau jour, un chien maigre, famélique et hideux se traîne jusque devant sa porte. Le caporal étant absent, les membres de sa famille chassent brutalement le corniaud, qui se laisse tomber d'épuisement à quelques mètres de là.

Au retour de sa promenade, le Milanais aperçoit le chien, sans y prendre garde. Mais l'animal, malgré son extrême faiblesse, rampe jusqu'à ses pieds en gémissant. Ému, l'homme l'examine attentivement... et reconnaît Moffino. Le brave Moffino qui avait traversé les trois quarts de l'Europe, franchi des montagnes, traversé des fleuves, bravé mille dangers pour retrouver son maître avant de mourir...

Des légendes ? De belles histoires arrangées par le temps ? Ou même la manifestation de l'espoir pathétique de maîtres marqués par la disparition de leur compagnon et qui, en découvrant brusquement face à eux un animal semblable à l'être disparu, échafaudent un conte à dormir debout ?

Peut-être. Mais, plus près de nous, d'autres aventures canines semblent irréfutables.

Ainsi cette histoire qui se passe à Metz, en septembre 1976[1], et qui a été évoquée par de nombreux articles ou reportages dans la presse et à la télévision.

---

1. Rapportée par Jean Prieur dans *L'Âme des animaux*, publié chez Laffont.

Un chow-chow du nom de Yang avait l'habitude d'accompagner ses maîtres à la gare de Metz, chaque week-end, pour accueillir leur fille qui faisait ses études à Paris.

Le mercredi 24 septembre au soir, la jeune fille appelle ses parents pour leur dire qu'elle ne viendra pas cette semaine-là. Le lendemain matin, le chow-chow s'échappe du domicile de ses maîtres, fonce à la gare et s'embarque, à 14 h 57 précisément, dans le train venant de Francfort à destination de Paris.

Découvert par un contrôleur, ce voyageur sans billet montre les crocs, résiste à quiconque veut s'emparer de lui. Au point que les employés de la SNCF préviennent la gare de Bar-le-Duc, où des pompiers viennent déloger le chien *manu militari*.

Découvrant l'incident dans un entrefilet de la presse locale, son maître récupérera Yang le lendemain, à la caserne des pompiers.

Un voyage interrompu, mais tout aussi incroyable que celui des héros de ce livre. Comment Yang le chow-chow a-t-il pu s'embarquer dans le bon train, à la bonne heure, au milieu d'un trafic ferroviaire constant ?

Moi-même, dans l'exercice de ma profession de vétérinaire, j'ai pu être témoin de semblables phénomènes.

Ainsi ce scottish-terrier appartenant à un dentiste du boulevard Murat, à Paris, qui m'avait été confié pour une séance de toilettage. Le chien, âgé de six mois, venait d'être acheté dans un élevage de Rambouillet. Il n'était jamais venu à Paris auparavant, ni à Boulogne, où se trouve mon cabinet, et n'avait passé qu'une seule nuit au domicile du dentiste.

Après la séance de toilettage, le scottish s'est échappé. Il était environ 19 heures et la nuit tombait. Je suis parti à sa recherche en sillonnant le bois de Boulogne, tout proche et qui aurait dû naturellement l'attirer, mais en vain.

Vers 7 heures, le lendemain matin, je reçois un coup de fil du dentiste. Le chien était rentré tout seul au sixième étage du boulevard Murat…

## Les chats aussi

À l'instar de Sassy, la chatte himalayenne du film, ou du siamois nommé Tao dans le livre de Sheila Burnford, les chats sont eux aussi capables de tels exploits, d'autant plus remarquables que leur constitution plus fragile et leur nature plus paresseuse ne les prédestinent pas à de folles randonnées.

Ainsi ce persan nommé Sugar, dont les maîtres avaient déménagé de la Californie à l'Oklahoma. Quelques heures après le départ, ceux-ci se rendirent compte de sa disparition. Le chat était-il tombé par la fenêtre ? Était-il sorti de la voiture au dernier moment ?

Quatorze mois plus tard, ayant parcouru deux mille cinq cents kilomètres, Sugar réapparut dans la nouvelle demeure de ses maîtres, en pleine forme, ayant vécu, tout au long de son incroyable voyage, de chasse ou de rapines, s'arrêtant de temps à autres pour se reposer chez un « catophile » accueillant...

Une fois encore, j'ai moi-même connu une histoire de ce genre.

Mon ami Michel Boutin avait vécu à Paris, où je m'étais occupé de son chat. Puis il était parti en Bretagne, où il habitait une grande maison dans les bois. Au bout de quatre années, le chat s'est échappé et est devenu sauvage. Pendant huit mois, il a complètement disparu, et Michel Boutin a fini par l'oublier.

Ayant décidé de revenir en région parisienne, il prépara ses bagages et fit venir les camions de déménagement. Tout à coup, au moment de monter dans sa voiture, il vit surgir le chat qui bondit à ses côtés sur la banquette, comme si de rien n'était.

Michel l'emmena avec lui et l'animal, malgré ses huit mois de vie sauvage, s'habitua parfaitement à une nouvelle vie citadine à Neuilly. Deux ans passèrent, puis mon ami déménagea une nouvelle fois pour s'installer dans le Marais, à Paris. Il laissa son chat à un gardien de square qui s'était pris d'amitié pour lui, et téléphona de temps à autre pour prendre de ses nouvelles.

Régulièrement, le gardien de square l'informait des escapades du chat, qui disparaissait pour un jour, pour trois jours, pour une semaine… Et puis le chat n'est plus revenu.

Après un mois sans nouvelles, Michel Boutin eut la surprise de le retrouver, maigre et crasseux, grattant au carreau de son domicile. Ce chat qui n'avait jamais mis les pattes dans la capitale avait réussi à traverser toute la ville pour le retrouver, alors qu'il ne connaissait même pas le nouveau domicile de ses maîtres ! J'ai moi-même revu le chat après cette aventure, et je peux témoigner qu'il s'agit bien du même animal.

Étonnante performance…

**Comment font-ils ?**

Comment un chien ou un chat peuvent-ils parcourir des milliers de kilomètres à la recherche de leurs maîtres ? Comment peuvent-ils prendre un train, traverser une ville inconnue, s'orienter dans une foule d'odeurs, de bruits, de mouvements ? Le flair ?

L'odorat extrêmement développé du chien n'explique pas tout, même s'il est capable d'exploits étonnants, tel ce doberman de la police qui réussit à pister un voleur sur près de cent soixante kilomètres. Comment le flair d'un chien pourrait-il discerner l'odeur de ses maîtres dans une ville de plusieurs millions d'habitants, constellée d'odeurs humaines, animales ou chimiques ? Il y a forcément autre chose. Un sixième sens, qui complète la vue, l'ouïe et l'odorat pour le déplacement dans l'espace et qui permet à certaines espèces, comme le chien, le chat ou le pigeon voyageur, d'entreprendre des voyages sur de longues distances.

Peut-être s'agit-il également d'un don leur permettant de ressentir d'infimes variations du champ magnétique terrestre afin de mieux s'orienter.

Ces phénomènes ont été étudiés par des chercheurs américains. Partant du principe que ce type d'exploit sous-tendait toujours un lien affectif puissant entre l'homme et l'animal, ils ont exploré la piste de la télépathie. Ce serait la transmission de pensée qui permettrait aux animaux de se diriger à travers les immensités ou de localiser leur maître dans la foule. Mais ce n'est là qu'une théorie, baptisée « psy-trailing », « pistage mental », et qui n'a pu être vérifiée scientifiquement.

## Un sixième sens ?

Pourtant, l'existence d'un sixième sens chez nos animaux familiers ne fait pas de doute. Quiconque a vécu avec un chien ou un chat sait que l'animal peut manifester sa joie avant même que son maître ne sonne à la porte, qu'il peut également exprimer la colère ou la peur avant qu'un orage éclate ou tout autre cataclysme (tremblement de terre, raz de marée) que les humains n'ont pas encore perçu.

Même s'ils sont domestiqués, nos chiens et nos chats restent beaucoup plus proches que nous de la nature, plus sensibles aux forces extrasensorielles qui nous échappent. « Le mystère propre à l'humain est modique auprès du mystère massif de l'animalité », écrivait Jean Rostand.

J'ai connu le cas d'un berger allemand que son maître, un ingénieur français vivant en Afrique, avait dû laisser chez ses parents près de Rambouillet. Une nuit, vers 2 heures, le chien se mit à hurler à la mort. Le lendemain matin, un télégramme annonçait la mort du fils survenue dans la nuit à Konakry, à des milliers de kilomètres de là, à l'heure même où le berger allemand pleurait à Rambouillet.

Un auteur britannique, Richardson, rapporte cette anecdote :

« Le soir même de l'assassinat du célèbre acteur William Terris, M$^{me}$ Terris était tranquillement assise dans un fauteuil de leur maison, à Bedford Park, avec son petit fox-terrier sur les genoux. À 19 h 20 précises, sans aucune raison apparente, le fox bondit à terre, hurla, grinça des dents, se roula dans des convulsions de rage et de terreur. Le jeune Tom Terris, qui assistait à la scène, a déclaré par la suite : "Ma mère était affolée, convaincue que la rage de notre chien était suscitée par quelque chose ou quelqu'un qui nous était invisible." À 19 h 20 exactement, William Terris était assassiné au théâtre. »

De semblables histoires foisonnent, au point qu'il nous est aujourd'hui impossible de nier l'existence de ce sixième sens, de ce lien extra-sensoriel qui unit l'homme à l'animal.

*L'Incroyable Voyage* de Sheila Burnford, publié en 1960 et porté deux fois à l'écran par Walt Disney Pictures, d'abord en 1963, puis en 1993, évoque largement, au-delà de l'extraordinaire exploit de ces héros à quatre pattes, le lien « radio-biologique » cher au professeur Vassiliev, qui peut pousser l'animal à de tels exploits.

Sheila Burnford a imaginé ce récit en s'inspirant de ses propres animaux, un bull-terrier et un chat siamois.

« Ils s'entendaient comme jamais aucun chat et chien ne se sont entendus, écrit-elle. Ils dormaient dans le même panier, jouaient et chassaient ensemble, et formaient un duo de choc. »

Plus tard, son mari fit l'acquisition d'un jeune labrador qui devint l'ange gardien du bull-terrier, quand celui-ci se mit à vieillir.

« Quand l'un s'égarait, l'autre se chargeait de le ramener sain et sauf à la maison », dit-elle.

C'est cette amitié extraordinaire qui a donné naissance au roman que vous allez lire.

Dans le film réalisé par Duwayne Dunham, les noms des animaux, leur race et quelques anecdotes du roman ont été modifiés.

Luath, le jeune labrador, est devenu Chance, un bouledogue américain, dont la voix française est celle de Christian Clavier.

Bodger, le vieux bull-terrier, est remplacé par Shadow, un vénérable golden retriever qui a la voix de Jean Reno. Quant à Tao, le siamois, il est devenu Sassy, une chatte himalayenne délicate et apprêtée, « doublée » par Valérie Lemercier.

Mais l'incroyable voyage de ces animaux conserve, du film au roman, la même émotion.

Philippe de Wailly<br>
Docteur vétérinaire<br>
Membre de l'Académie<br>
vétérinaire de France

## CHAPITRE PREMIER

Ce voyage extraordinaire va nous conduire au Canada, plus précisément dans la partie nord-ouest de l'immense province de l'Ontario. C'est une vaste région, solitaire et boisée, une succession interminable de lacs perdus, de rivières tumultueuses, des milliers de miles de routes campagnardes, de sentes forestières, de pistes inconnues qui doivent conduire à des mines abandonnées, de minuscules sentiers sinueux qui ne figurent sur aucune carte mais tracent, à l'intérieur de tout cela, un réseau compliqué. Çà et là sont plantés quelques fermes isolées, et, plus loin, quelques villages clairsemés. Il y a également, au cœur de la forêt, des huttes et des campements de trappeurs solitaires.

L'industrie locale, c'est le travail de la pulpe de bois pour faire de la pâte à papier. De grandes sociétés exploitent leurs concessions sur le terrain même, dans la profondeur des forêts. Il y a également des mines car c'est une région assez riche en gisements.

Des prospecteurs sillonnent cette province du Canada où ils rencontrent, de temps à autre, des trappeurs et des Indiens. Quelquefois aussi des chasseurs qui sont venus amerrir sur les lacs vierges avec de petits hydravions. Population de pionniers qui voient au-delà de leur propre existence et qui ont quitté le tumulte de la civilisation, à jamais, pour perdre définitivement leur identité dans l'acceptation sans condition d'une vie sauvage. Tous ces êtres humains réunis sur un immense territoire ne représentent qu'une poignée de sable sur les rivages des océans. Ainsi partout c'est le silence, la solitude, la garantie pour les animaux sauvages d'une existence paisible.

En grandes quantités, ce ne sont partout qu'orignaux et cerfs, ours noirs et bruns, lynx et renards, castors, rats musqués, loutres, visons et martres, canards sauvages et bernaches du Canada. En effet, le gibier d'eau abonde sur les lacs et les rivières qui, dans leur ensemble, constituent une grande voie migratoire, un filon central. Palmipèdes à la surface des eaux et, au-dessous, abondance de truites mouchetées, ombles, brochets, blacks et toutes espèces de poissons blancs.

Toute cette immense région est désolée l'hiver sous son manteau de neige. Pendant de longues semaines la température demeure très au-dessous de zéro. Point de lentes éclosions printanières, mais une floraison soudaine de l'été. Tout se met à pousser avec une abondance sauvage. Tout aussi soudainement, c'est de nouveau l'automne.

Cette saison de la maturité est pour beaucoup d'hommes de là-bas celle du couronnement de l'année. Les journées sont fraîches et ensoleillées, pleines de l'air exaltant des pays du Nord. Le ciel est clair et bleu. Aussi loin que l'œil peut voir, c'est un panorama d'une beauté infinie avec toute la richesse colorée des forêts aux feuillages changeants.

Tel est et tel sera le pays traversé par nos trois voyageurs au seuil de cet automne qui correspond à la période dite de l'été indien.

Longridge vivait à plusieurs miles du village le plus proche, dans une vieille maison de pierre, appartenant à sa famille depuis de nombreuses générations. C'était un homme grand, d'environ quarante ans, au physique agréable. Signes particuliers : célibataire, écrivain de profession, auteur de plusieurs essais historiques.

Il employait une bonne partie de son temps à voyager afin de réunir des documents pour ses livres, mais non sans revenir toujours à la confortable vieille maison pour écrire. Il préférait cette maison à tout, pendant ses périodes de création, profitant, depuis des années, d'un arrangement idéal lui donnant une complète liberté d'esprit.

Son service domestique était, en effet, assuré par un ménage d'âge moyen, M$^{me}$ Oakes et son mari Bert, qui vivaient paisiblement dans un petit pavillon à un demi-mile de là. M$^{me}$ Oakes venait chaque jour prendre soin de la maison et préparait les principaux repas. Bert s'occupait du chauffage, du jardin et de tous les menus travaux. Ces deux serviteurs allaient et venaient, faisant leur besogne sans déranger Longridge, un accord complet régnant entre eux trois.

À la veille de l'incroyable voyage, à la fin de ce mois de septembre, Longridge était assis à sa table de travail, dans la bibliothèque. Un bon feu de bûches pétillait dans la cheminée. Les rideaux étaient bien tirés et le foyer avait des lueurs vacillantes qui jouaient sur les rayons et dansaient au plafond. La seule autre lumière de la pièce provenait d'une petite lampe à abat-jour posée sur une table à côté d'un fauteuil profond.

Cette bibliothèque était effectivement une pièce très paisible, sans autre bruit que le craquement des bûches flambant ou le froissement du papier d'un journal dont Longridge tournait les pages assez difficilement en raison de la présence d'un chat siamois, couleur de blé mûr, lové sur ses genoux.

Confortablement installé, il avait ses deux pattes de devant, couleur chocolat, sagement croisées et ses yeux de saphir clignotaient parfois quand le feu dardait une flamme plus vive.

Couché à même le sol, mais sa tête tout en os posée sur les pieds de Longridge, était étalé un vieux bull-terrier au poil d'un blanc douteux. Ses yeux obliques, en amande, profondément enfoncés dans leurs orbites, étaient fermés. Une large oreille triangulaire attrapait la lueur du foyer, rosissant délicatement de telle sorte qu'elle pouvait paraître transparente. Pourtant une personne qui n'aurait pas été au fait du standard très spécial du vrai bull-terrier aurait trouvé vraiment laid ce chien au profil nu, à l'aspect lourd, au corps épais, mal équarri, avec une queue effilée comme un fouet. Par contre, un connaisseur de cette race aussi ancienne qu'honorable aurait immédiatement reconnu le sang pur sous cette vieille peau tourmentée par de lourds fanons. Il aurait su que dans son jeune âge il avait été un magnifique spécimen musclé, plein de vigueur, bâti pour la lutte et l'endurance.

Impossible de ne pas aimer ce chien, curieux mélange de combattant hargneux et inexorable, de bête familière dévouée et docile. On voyait toujours briller dans ses yeux une ironie malicieuse qui, pour l'instant, filtrait par ses petits yeux obliques mi-clos. De temps à autre il tressaillait, poussait un profond soupir dans son sommeil, comme les vieux chiens. Sa quiétude était telle que, pour une fois, son pauvre fouet pelé restait en repos.

Près de la porte était couché un autre chien, le nez entre les pattes, ses yeux bruns grands ouverts et attentifs, contrastant avec la tranquillité rayonnante des autres occupants de la pièce.

C'était un labrador, bien typé. Il avait, en effet, hérité la charpente puissante et toute la force de ses ancêtres, travailleurs obstinés, ainsi que leur large tête noble, leur gueule profonde à la fois lourde et douce.

Il dressa la tête au moment où Longridge se levait, posant le chat à terre avec une caresse d'excuse, et retirant soigneusement ses pantoufles de sous la tête du vieux chien, avant de traverser la bibliothèque pour ouvrir un des lourds rideaux et regarder à l'extérieur.

La lune énorme et orange se levait juste au-dessus des arbres à l'extrémité du jardin, tandis qu'une branche du buisson de lilas grattait la persienne, doucement secouée par un vent léger.

Il faisait suffisamment clair pour distinguer quelques détails et Longridge remarqua que les feuilles s'étaient à nouveau amoncelées sur la pelouse, alors qu'elles avaient été ratissées dans l'après-midi. Il restait également quelques fleurs pour colorer les massifs.

Longridge se retourna, traversa la pièce doucement éclairée par la lueur vacillante du feu, et ouvrit un des trois placards. À l'intérieur se trouvaient, sagement posés sur le râtelier, plusieurs fusils. Il les considéra un instant, passa avec délicatesse ses doigts sur les crosses polies, puis en prit un à canons juxtaposés, finement ciselé. Il fit manœuvrer la bascule, cassa les canons et en vérifia la brillance interne en les examinant, un à un, à la lueur des flammes, œil fermé.

Le jeune labrador s'assit silencieusement dans l'ombre, les oreilles dressées. Le fusil se ferma avec un doux bruit de mécanique bien ajustée et huilée, et le chien gémit. Longridge, avec un regret soudain, remit le fusil au râtelier ; en même temps, le chien se recoucha en détournant la tête avec des yeux pitoyables.

Longridge s'approcha pour s'excuser de son étourderie, mais, au moment où il se penchait pour caresser le chien, le téléphone sonna, carillonna si fort dans cette ambiance tranquille que le chat sauta avec indignation de la chaise, et que le terrier se mit maladroitement sur ses pattes.

Pendant que Longridge prenait le combiné, on entendit la voix essoufflée de M$^{me}$ Oakes, une espèce de son suraigu et glapissant, venant de très loin.

— Parlez plus fort et moins aigu, madame Oakes, c'est à peine si je peux vous entendre.

— Moi aussi c'est à peine, dit la voix… Là, est-ce mieux, je crie maintenant ! Quand partez-vous, demain matin, monsieur ?… Quoi ?… Pourriez-vous parler plus fort ?

— À 7 heures environ, je veux aller au lac du Héron, et y parvenir avant la tombée du jour, cria-t-il en remarquant l'expression scandalisée du chat, mais vous n'avez pas besoin d'être là à 7 heures !…

— Qu'avez-vous dit ?…

— De si bon matin…

— Est-ce que ce sera bien si je viens à 9 heures ? Ma nièce doit arriver par l'autobus et j'aimerais l'accueillir. D'autre part, je ne peux pas laisser les chiens seuls trop longtemps.

— Naturellement, attendez votre nièce, répondit-il en criant de plus en plus à mesure que le bourdonnement augmentait, du reste les chiens seront gentils et je les sortirai avant de partir, et…

— Merci, monsieur Longridge, je serai là à 9 heures sans faute. Qu'avez-vous dit à propos des animaux ? Maudit téléphone, ne vous tracassez pas pour eux. Bert et moi, nous ferons…

— Le vieux Bodger vous fait dire d'apporter un os à moelle… Oh ! attendez que je demande à la demoiselle du téléphone…

Mais au moment où Longridge reprenait haleine pour une dernière vocifération dans le micro de l'appareil, la communication fut coupée.

Il posa le récepteur à regret, regarda le vieux chien qui en catimini avait sauté sur le fauteuil et restait là, nonchalant, appuyé sur les coussins, les yeux mi-clos, attendant les reproches.

27

Le maître les lui adressa avec le degré de férocité convenable et lui dit qu'il était un gredin, un opportuniste, un barbare, la honte de sa race et de ses ancêtres, pour terminer avec emphase par un « très mauvais chien ».

Sur ces paroles terribles, le terrier, les oreilles pendant le long de sa tête, cligna des yeux jusqu'à ce qu'ils disparaissent presque complètement, puis se mordit la babine dans une grimace d'excuse, tout en agitant un bout de queue honteuse. Ce simulacre de chagrin amena le sursis habituel. Longridge lui tapota la tête puis parla promenade.

Le vieux chien, qui aimait faire les choses avec un certain humour, se laissa glisser du siège, les pattes en avant. Quand tout son corps fut arrivé à destination, il frôla le chat immobile comme une statue égyptienne, les yeux mi-clos, la tête droite. Un léger grondement, et le nez noir du chat et la truffe du chien se touchèrent. Ensemble ils suivirent l'homme à la porte où le jeune chien attendait déjà pour prendre sa place dans la procession.

Longridge ouvrit la porte du jardin et les deux chiens, comme le chat, se faufilèrent prestement entre ses jambes, avalés par la nuit fraîche.

Il demeura sous le porche, fumant tranquillement sa pipe tout en les surveillant un moment. Leurs habitudes nocturnes ne changeaient jamais. Tout d'abord ils s'isolaient quelques minutes, puis se retrouvaient comme par hasard avant de se faufiler par la brèche de la haie, tout au bout du jardin, ouverte sur les champs et les bois.

Longridge put les suivre des yeux jusqu'à ce qu'ils disparaissent dans l'obscurité. La silhouette blanche du terrier se distinguait encore alors que ses deux compagnons étaient depuis longtemps invisibles. Il secoua sa pipe contre la rambarde du perron et rentra dans la maison. Ils ne reviendraient pas avant une bonne demi-heure ou plus.

Longridge possédait avec son frère une petite hutte sur les rivages lointains du lac du Héron, à plus de trois cents kilomètres de là. Deux ou trois fois par an les deux hommes passaient là-bas quelques semaines ensemble, menant la vie qu'ils aimaient, demeurant plusieurs heures dans un silence de bon aloi assis dans leur canot, qu'il s'agisse de pêche au printemps ou de chasse à l'automne.

Pendant ces vacances, il avait l'habitude de fermer simplement la maison, laissant les clés à

M^me Oakes pour qu'elle puisse venir faire le ménage, une fois ou deux par semaine. Maintenant c'était différent, il fallait s'occuper des animaux. Il avait pensé les mettre en pension dans un chenil, mais M^me Oakes, qui avait pris en affection ce trio curieusement assorti, protesta vigoureusement, assurant qu'elle irait jusqu'à les prendre chez elle plutôt que de les voir, malheureux animaux muets, se faire du mauvais sang dans quelque mauvais chenil et mourir de faim par surcroît.

Ainsi était-il convenu qu'elle et Bert veilleraient sur eux. Étant donné que Bert travaillerait dans le jardin, les chiens et le chat pourraient se promener la plupart du temps, ou alors, M^me Oakes, à qui incombait la charge de les nourrir, pourrait le cas échéant les surveiller tout en travaillant dans la maison.

Quand il eut bouclé ses bagages, Longridge revint dans la bibliothèque pour tirer les rideaux. La vue du téléphone lui fit penser à M^me Oakes. Il avait oublié de lui rappeler de commander du café et d'autres denrées qu'il avait lui-même retirées de l'armoire à provisions. Il s'assit à son bureau et inscrivit, sur un petit bloc :

« Chère madame Oakes, S.V.P., commandez un peu de café, remplacez les boîtes de conserve que j'ai emportées. Je prendrai les chiens (et Tao aussi, naturellement)... »

Étant arrivé à la fin de la feuille, il prit un autre petit carré de papier et continua :

« ... et les emmènerai faire un tour avant de partir, je leur donnerai quelque chose à manger. Surtout ne laissez pas notre dévorant en robe blanche vous raconter qu'il meurt de faim. Dans tous les cas ne vous faites pas trop de mauvais sang pour eux. Je pense qu'ils seront chics avec vous. »

Il écrivit ces derniers mots avec le sourire car, en réalité, le terrier réduisait M$^{me}$ Oakes en esclavage, poussant toujours son avantage plus à fond.

Il laissa les deux feuillets sur le bureau, bien en évidence, sous un presse-papiers de verre. Il alla ouvrir la porte, répondant à un grattement timide. Le vieux chien et le chat bondirent vers lui avec leurs démonstrations habituelles. Ils apportaient avec eux la fraîche odeur de l'extérieur. Le jeune chien suivait plus posément puis resta là vigilant, un peu à l'écart, tandis que l'autre cinglait de sa queue fine comme une lanière les jambes de Longridge, contre lesquelles se frottait, en même temps, le chat en ronronnant sourdement.

Tao traversa la bibliothèque pour aller se pelotonner au chaud devant le feu. Plus tard, lorsque les cendres se refroidiraient, il se déplacerait vers le radiateur. Quelquefois, au milieu de la nuit, il lui arrivait de monter au premier étage pour aller se blottir contre le flanc du vieux chien.

Il était inutile de fermer la porte de la chambre ou n'importe quelle autre porte de la maison car le chat savait toutes les ouvrir, loquet ou clenche. Les seules portes qui le missent en échec étaient les portes à boutons de porcelaine sur lesquels ses longues pattes de singe n'avaient aucune prise.

Le jeune chien se dirigea vers son paillasson favori, posé à terre dans l'arrière-cuisine.

Le terrier grimpa l'escalier escarpé et il était déjà couché, le nez contre la queue, dans sa corbeille, lorsque Longridge arriva dans sa chambre. Son œil brilla entre ses paupières quand il sentit la vieille couverture sur son dos, sous laquelle il enfonça plus profondément sa tête. Patiemment, il attendit l'occasion qu'il savait devoir venir plus tard.

Longridge demeura éveillé un moment. Il pensait aux jours à venir, aux animaux.

La souffrance qu'il lisait parfois dans les yeux du jeune chien le tracassait.

Cela faisait environ huit mois que cet étrange et adorable trio lui était arrivé directement de chez un vieil ami de collège. Cet ami, Jim Hunter, était professeur dans une petite université située à quelque trois cents kilomètres de là. Comme ce collègue possédait une des plus belles bibliothèques de la province, Longridge avait été longtemps chez son ami, à telle enseigne qu'il était devenu le parrain de la fille des Hunter, Élisabeth, âgée maintenant de neuf ans. Il était chez eux quand ils reçurent d'Angleterre une invitation pour une série de conférences nécessitant un séjour de neuf mois dans ce pays. Les larmes de sa filleule et le silence désespéré de son frère Pierre quand on avait décidé de mettre les animaux en pension, et de louer la maison au remplaçant, l'avaient décidé. Longridge chérissait Élisabeth, comme son frère du reste, comprenant parfaitement son sentiment, se souvenant de ce qu'avait été pour lui l'amitié d'un cocker alors qu'il était enfant, assez ombrageux et solitaire, se rappelant son chagrin quand on l'avait séparé de son ami pour la première fois.

Élisabeth était désignée comme propriétaire du chat. Elle le nourrissait, le soignait, l'emmenait en promenade. En échange il dormait au pied de son lit. Pierre, âgé de onze ans, était l'ami inséparable du terrier, depuis que ce petit chiot blanc lui avait été offert, à son premier anniversaire. En réalité il n'y avait pas un jour de sa vie auquel Bodger n'eût participé. Enfin le jeune chien appartenait corps et âme au professeur lui-même, qui l'avait dressé depuis son plus jeune âge à la chasse.

Il fallait réaliser ce que représentait une pareille séparation. Dans le silence consterné qui suivit la décision, Longridge observa sur le visage d'Élisabeth une souffrance qui s'exprima en violents sanglots.

Il perçut une voix, étonné que ce fût la sienne, disant à tous qu'il ne fallait pas qu'ils aient du chagrin, mais alors pas du tout, car il s'occuperait de ce petit monde. Lui-même et les animaux se connaissaient déjà très bien et il avait chez lui toute la place, un grand jardin. M$^{me}$ Oakes ? Eh bien ! elle serait contente de les avoir. Tout serait simplement merveilleux. Avant l'embarquement, la famille les amènerait en voiture, verrait ainsi où ils dormiraient et puis pourrait faire la liste des recommandations ; de toute façon, père, sœur et frère pourraient être assurés que les trois bêtes seraient chéries et dorlotées jusqu'à leur retour.

C'est ainsi que la famille Hunter était partie, quittant ses amis favoris avec des adieux sans nombre, les larmes d'Élisabeth et les recommandations ultimes de Pierre.

Pendant quelques jours, Longridge avait presque regretté d'avoir cédé à son impulsion. Le terrier semblait languir dans son panier, son long nez caché entre ses pattes, surveillant toutes choses de son œil d'animal martyr et désespéré.

Le chat l'avait presque rendu fou par un incessant bêlement, semblable à celui d'une chèvre, et son miaulement particulier de siamois malade.

Le jeune chien était resté triste très longtemps, n'avait pas voulu quitter la porte et pendant de longs jours avait refusé toute nourriture. Enfin il avait tout de même été séduit par le gloussement sympathique de M$^{me}$ Oakes et les morceaux appétissants qu'elle lui présentait.

Le trio avait semblé se résigner et le chat comme le vieux chien s'étaient en fin de compte installés très confortablement, témoignant à leur maître adoptif beaucoup d'affection.

Il était notoire pourtant que les enfants manquaient beaucoup au vieux bull-terrier. Longridge s'était d'abord demandé où il disparaissait certains après-midi. Il finit par découvrir que le chien allait sur le terrain de jeux d'une petite école voisine où il était devenu le grand favori des enfants. Ses apparitions là-bas coïncidaient avec la récréation. Sachant qu'il lui était interdit de courir les routes à cause de sa vue basse et de son habitude de cheminer stupidement au milieu de la chaussée, il avait trouvé un raccourci à travers champs.

En ce qui concernait le jeune chien, le labrador, tout était très différent. Il n'avait jamais cessé de soupirer tristement sur sa maison perdue et son maître. Cela ne l'empêchait pas de bien manger, ni d'arborer une fourrure luisante de santé. Pourtant il ne cessait jamais de garder envers son maître adoptif une réserve digne et inflexible. L'homme respectait l'attitude du chien car il la comprenait, mais il ne laissait pas d'être chagriné par ce manque de détente, cet air absent, inquiet, toujours aux aguets, ces soupirs, cette attente de quelque chose qui devait venir de très loin par-delà les murs de la maison, des champs environnants, oui, de très loin…

Longridge était heureux pour ce chien que les Hunter dussent revenir dans les trois semaines suivantes, mais il savait déjà que sa petite famille adoptive lui manquerait.

Le trio l'avait diverti plus qu'il ne l'aurait cru possible alors, et, après un contact de plusieurs mois, il se rendait compte que la séparation serait un véritable arrachement. Il ne voulait pas penser à l'avance à la maison trop calme qui serait la sienne de nouveau.

Il dormait profondément lorsque la lune, rêveuse et curieuse, s'introduisit par les fenêtres pour mettre sur chacun des habitants endormis quelques rayons de lumière pâle. Ces rayons éveillèrent le chat au rez-de-chaussée. Il s'étira, bâilla puis sauta en souplesse sur l'appui de la fenêtre. Ses yeux étincelaient et leurs pupilles qui d'habitude ne sont que de minces traits étaient alors grandes ouvertes et semblaient énormes. Du chat immobile ne remuait que la queue ondulante et gracieuse. Bientôt il se retourna et, d'un bond, sauta sur le bureau.

Exceptionnellement, il fut maladroit et avec sa patte arrière il fit tomber le presse-papiers de verre. Il secoua vigoureusement le membre coupable, éparpillant les feuillets de la petite note du maître. Une page vola qui fut soufflée par le courant d'air chaud provenant du radiateur mural. Elle traversa la pièce pour atterrir sur le foyer. Là, elle se recroquevilla sur elle-même, brunit lentement jusqu'à ce que rien ne reste de visible que le paraphe de l'auteur dans le bas.

Lorsque les doigts de l'astre pâle atteignirent la retraite du jeune chien dans l'arrière-cuisine, il s'agita, d'abord inquiet, troublé dans son sommeil, se mit sur ses pattes, les oreilles dressées. Il attendait inlassablement un son qui ne venait jamais, le sifflet aigu de son maître qui l'aurait fait bondir à travers le monde si seulement ses oreilles subtiles avaient pu l'entendre.

Pour finir, la lune mit quelque lumière dans la chambre du premier, où Longridge reposait couché sur le côté dans son grand lit à colonnades. Lové en boule, son dos contre le dos du maître, le vieux terrier blanc, amoureux de son confort, dormait lui aussi avec une satisfaction chaude et bienheureuse.

## CHAPITRE II

Longridge se leva de bonne heure le lendemain matin, presque poussé hors du lit par son compagnon. Une écharpe de brume posée sur les champs était percée çà et là par les premiers rayons du soleil. La journée s'annonçait chaude et moelleuse, une splendide journée automnale. En bas, les animaux attendaient patiemment près de la porte qu'on leur ouvre pour la promenade du matin. Après les avoir fait sortir, il prépara son breakfast et le mangea. Il effectuait le chargement de sa voiture dans l'allée quand chiens et chat revinrent des champs.

Il leur donna des biscuits. Les bêtes ensuite demeurèrent au soleil le long du mur de la maison à le regarder. Il jeta le dernier paquet à l'arrière de la voiture, en se félicitant d'avoir déjà emballé les fusils et le matériel de chasse sans que le labrador les ait vus. Il s'avança, caressa les têtes de ses auditeurs.

— Soyez gentils, M$^{me}$ Oakes sera bientôt là. Au revoir, Luath, j'aurais voulu t'emmener, mais il n'y a pas place pour trois dans le canoë.

Deux yeux brun-doré le regardaient intensément tandis qu'il caressait le doux museau. Le chien eut un geste inattendu. Il leva la patte droite et la posa dans la main de l'homme. Longridge, qui l'avait vu agir ainsi avec son maître, fut ému de cette marque de confiance. Il regrettait d'avoir à partir tout de suite après cette première preuve de sympathie.

Un coup d'œil à sa montre. Il était déjà en retard. Il laissait sans inquiétude les animaux dehors, car ils n'avaient jamais essayé de s'écarter du grand jardin et des champs alentour. S'ils le voulaient, ils pouvaient retourner dans la maison, par la porte de la cuisine munie d'un dispositif de fermeture automatique. Il suffisait de tirer le verrou intérieur alors que la porte était ouverte, ce qui l'empêchait de se refermer entièrement. On pouvait la pousser de l'extérieur.

Tout ce petit monde semblait satisfait, le chat se nettoyant méthodiquement les oreilles, le vieux chien assis sur son derrière, tout palpitant encore de sa dernière course, sa longue langue rose pendante, et le labrador tranquillement couché à côté de lui.

Longridge mit la voiture en route et descendit lentement l'allée en agitant la main par la portière. Il eut conscience de son ridicule et sourit.

Comment lui auraient-ils répondu ? Décidément il avait déjà trop longtemps vécu avec eux pour ne pas s'y attacher.

La voiture vira au bout de la longue avenue plantée d'arbres et les animaux entendirent le bruit du moteur diminuer. Le chat reporta son attention sur une de ses pattes arrière. Le vieux chien, cessant de haleter, s'allongea. Le plus jeune demeurait étendu. Seuls ses yeux restaient mobiles et il fronçait le nez par moments.

Vingt minutes s'écoulèrent sans que personne ne bouge. Tout à coup, Luath se leva, s'étira et se mit à regarder attentivement vers le bas de l'allée. Un long moment, il resta dans cette position, pendant que le chat le guettait, une patte en l'air. Le labrador descendit ensuite lentement l'allée et s'arrêta au tournant en regardant les autres comme pour les inviter à venir. Avec quelque raideur, le vieux chien se leva et suivit. Ils tournèrent le coin ensemble et disparurent. Le chat demeura tout à fait immobile une minute entière : ses yeux bleus flamboyaient. Il se mit finalement en route dans la même direction. Les deux chiens attendaient à la barrière quand il franchit le tournant. Le vieux regardait en arrière. On aurait dit qu'il espérait voir son amie M$^{me}$ Oakes en personne avec un os juteux ; mais quand le labrador sauta sur la route, il le suivit. À la grille, le chat s'arrêta de nouveau, une patte en l'air, indécis. Prenant enfin un parti, il suivit les chiens et bientôt les trois amis disparaissaient sur la route poussiéreuse, allant d'un trot allègre et décidé.

Une heure plus tard, M$^{me}$ Oakes emprunte à son tour l'allée, mais dans l'autre sens. Elle porte un cabas avec ses affaires de travail et quelques friandises pour les bêtes. Sur sa figure calme et douce, on peut voir une petite déception. D'habitude les chiens la guettent et se précipitent pour l'accueillir.

— Je pense que M. Longridge les a enfermés s'il est parti de bonne heure.

Tout est calme quand elle pousse la porte de la cuisine. Au pied de l'escalier, elle s'arrête et appelle. Aucun bruit, aucun grattement de pattes ! On n'entend que le calme tic-tac de la vieille pendule du vestibule. Alors, traversant la maison silencieuse, elle sort dans le jardin en passant par la porte de devant et se met à les appeler. Sa voix sonne faux.

— Peut-être sont-ils partis vers l'école, dit-elle en parlant tout haut.

Puis quelques minutes plus tard, tout en laçant ses chaussures à la cuisine, elle ajoute :

— C'est pourtant curieux que Minou ne soit pas là. D'habitude, à cette heure, il est assis sur l'appui de la fenêtre. Oh ! il est probablement sorti chasser. Je n'ai jamais connu de chat qui aime autant la chasse, c'est même bizarre.

Après avoir lavé et rangé les quelques assiettes sales, elle apporte ses balais dans le salon. Son attention est tout de suite attirée par quelque chose qui brille par terre près du bureau. C'est le presse-papiers de verre. Quelques instants plus tard, elle trouve le fragment de note sur le bureau. Elle lit : « Je prendrai les chiens (et Tao aussi, naturellement) », et cherche en vain la suite.

C'est curieux, pense-t-elle, où voulait-il les emmener ? C'est le chat qui a dû faire tomber le presse-papiers. Je vais bien trouver le reste de cette note.

Mais ce n'est qu'en vidant le cendrier dans la cheminée qu'elle remarque un bouchon de papier carbonisé dans le foyer. Malgré le soin qu'elle met à le ramasser, il tombe en cendres, mis à part un tout petit bout où sont inscrites les initiales J.R.L.

Tout en frottant vigoureusement les marques noires laissées sur les briques du foyer, elle réfléchit à cette situation étrange.

Que signifie tout cela ? Il a dû vouloir me dire qu'il emmenait les bêtes au lac du Héron. Alors pourquoi avoir pris tous nos arrangements ? Il n'en a pas parlé au téléphone — mais attention, je me souviens qu'il allait dire quelque chose quand la ligne a été coupée. Peut-être voulait-il m'en parler.

Malgré sa surprise de voir Longridge emmener ses pensionnaires en voyage, il ne lui venait pas à l'idée de s'étonner de la présence du chat dans l'expédition, car elle savait que Tao aimait la voiture et accompagnait toujours les chiens en promenade. Comme beaucoup de siamois, il était aussi obéissant et discipliné que la plupart des chiens et revenait toujours au sifflet.

Après avoir balayé, essuyé et ainsi bavardé avec les murs, M$^{me}$ Oakes ferme la maison à clé et rentre chez elle. Pour une femme aussi rangée, méticuleuse et bienveillante, quelle histoire si elle avait deviné la vérité ! Au lieu d'être tranquillement assises sur la banquette arrière d'une voiture faisant route vers le nord avec Longridge, comme elle se l'imaginait, les pauvres bêtes se trouvaient en réalité déjà à quelques kilomètres, sur une route de campagne déserte se dirigeant vers l'ouest.

Pendant la première heure, ils ont gardé une allure bien régulière et cheminé dans un ordre qui restera le même durant tout le voyage. Le labrador se tiendra sur la gauche du vieux bull qui est presque aveugle de ce côté. Ils marcheront de conserve un peu cahin-caha — du fait qu'ils ne vont pas du même pied. Le vieux marche avec l'allure un peu chaloupée du marin, tandis que l'autre a une foulée de jeune. À une dizaine de mètres en arrière viendra le chat. Lui s'arrête souvent pour musarder ; il rattrape les autres ensuite. Entre les haltes, il marche vite et régulièrement du trot souple du félin et la queue à ras de terre.

Il est bientôt visible que le vieux chien traîne la patte. Le labrador quitte la route sablée, attiré par l'ombre accueillante d'un bois de pins et le murmure d'un ruisseau clair et rapide. Le vieux, qui a suivi, entre dans l'eau jusqu'à la poitrine et lape à pleine gueule. Le chat, qui n'aime pas l'eau, va s'installer au sommet d'un rocher en surplomb. Puis les chiens se couchent sur le bon matelas d'aiguilles de pin à l'abri des branches. Les yeux mi-clos, le terrier halète lourdement. Plus haut, le chat est toujours occupé à son éternelle toilette. Les bêtes restent là près d'une heure, jusqu'à ce que le soleil darde ses rayons à travers les branches. Luath se lève, s'étire, puis se dirige vers la route. Les pattes raides, la tête basse, le vieux chien se lève à son tour et va vers son compagnon. De sa queue qui bat doucement, on dirait qu'il fait signe au chat qui se met à danser dans une tache de lumière, bondit vers une feuille qui vole, puis caracole vers les chiens en faisant une série de crochets.

Tout l'après-midi, ils trottent régulièrement, marchant sur le talus en herbe de cette route de campagne ou alors dans le fossé quand une voiture arrive. À l'heure où les ombres s'allongent sur la route, les bonds du chat sont toujours aussi souples et rapides, et le jeune Luath reste bien frais. Le pauvre vieux, lui, est bien fatigué et ne marche plus qu'en boitillant.

Ils abandonnent alors la route pour les fourrés qui la bordent, traversent une clairière et se frayent un passage dans un couvert très serré, où brusquement ils tombent sur une petite place dégagée qui est en quelque sorte le trou des racines d'un grand sapin abattu. Les vides ont été comblés par des feuilles sèches et des aiguilles de pin. Des rayons obliques traversent les frondaisons, agréables et rassurants. Immobile, le vieux chien incline la tête pour flairer la place et, laissant tomber son corps fatigué, s'allonge sur le côté. Après une longue et prudente observation, le chat creuse une petite niche dans les aiguilles de pin. Il s'y pelotonne enfin en ronronnant doucement. Le jeune chien disparaît sous le couvert et reparaît bientôt, dégoulinant d'eau. Il s'étend à l'écart.

Pendant longtemps, le vieux bull continue à haleter. Un tic nerveux fait trembler une de ses pattes. Ses yeux se ferment pourtant et sa respiration devient moins pénible. Il a encore un long frisson puis s'endort tranquillement. Plus tard, dès qu'il fait nuit, Luath se déplace et vient se coller au flanc du vieux chien tandis que le chat se couche entre ses pattes. Réchauffé et rassuré, notre bon vieux chien s'endort. Il ne sent plus ni son corps douloureux ni sa faim.

Sur les hauteurs voisines, on entend soudain le hurlement lugubre d'un coyote. Des hiboux s'interpellent dans les arbres d'où ils glissent silencieusement, toutes ailes déployées. Dans la nuit, ce ne sont que chuchotements et frémissements de bêtes mystérieuses. Une plainte, semblable à celle d'un enfant qui pleure, éveille un instant le vieux chien qui se dresse sur ses pattes en frissonnant. Ce n'est qu'un porc-épic bruyant et maladroit qui fait sa promenade en se dandinant et en pleurant doucement. Quand le bull se recouche, le chat a filé, il a rejoint d'autres chasseurs nocturnes et déjà il se glisse parmi les ombres mouvantes qui se figent à son passage.

Le jeune chien tressaille en dormant, soulève la tête et grogne doucement. Brusquement, il bondit sur ses quatre pattes et hurle à plein gosier. Sa voix grave se répercute en lointains échos et le silence qui suit est plus épais encore. On ne sait pas quelle idée fulgurante aura traversé son cerveau et lui aura arraché ce cri ! Une seule chose est sûre et certaine : il faut qu'à tout prix il rentre chez lui, chez son maître bien-aimé. Sa maison se trouve à l'ouest, son instinct le lui dit. Par ailleurs, il ne peut pas quitter ses deux amis — d'une façon ou d'une autre, il faut qu'il les entraîne avec lui.

## CHAPITRE III

À l'heure glaciale qui précède l'aube, le vieux Bodger s'éveille et se lève en chancelant. Il tremble de froid, de faim et de soif.

Encore tout engourdi, il se dirige vers une mare voisine. Chemin faisant, il voit le chat qui se tient allongé par terre. Il a quelque chose entre ses pattes de devant. Il mâche vigoureusement et ça craque sous ses dents. Le vieux chien remue la queue en signe d'intérêt et s'approche. Le chat l'observe non sans une certaine réserve, puis s'en va majestueusement, abandonnant sa carcasse. Pour le terrier ce n'est qu'un tout petit tas de plumes ! Après avoir bu à satiété, il revient aux reliefs abandonnés par le chat. Il tâte les plumes du bout des dents, mais elles collent dans sa gueule et il les vomit. Il grignote ensuite quelques brins d'herbe puis, délicatement, des framboises sauvages. Leur goût lui rappelle celui des mêmes fruits cultivés dont il raffole, mais il n'y en a pas assez pour apaiser sa faim. Il fait mille amitiés au jeune chien qui arrive à son tour, et le suit avec résignation vers la route. Quelques instants plus tard, le chat, qui se pourlèche encore les babines après son petit déjeuner emplumé, vient les rejoindre.

C'est dans la lumière blafarde du petit matin que le trio prend la route qui bientôt tourne à angle droit. Il faut choisir. Continuer sur le goudron ou prendre un sentier de forêt qui va vers l'ouest. Le chef, Luath, levant la tête, flaire l'air ambiant comme pour y chercher quelque assurance. Probablement la trouve-t-il car il entraîne ses amis sur la piste forestière qui s'ouvre sous les frondaisons. La marche y est très douce. L'herbe épaisse fait un beau tapis et les ornières sont molletonnées de feuilles mortes. De chaque côté, les arbres forment une voûte qui abrite du soleil matinal. Malgré ces douceurs, le vieux Bodger, déjà fatigué avant de partir, chemine lentement.

Tenaillés par la faim, les deux chiens contemplent avec convoitise le chat qui a attrapé un gros rat d'eau durant la première halte le long d'un ruisseau. Le vieux bull s'approche, la queue frétillante. Le chat feule et disparaît dans les taillis !

Surpris et désappointé, Bodger s'assoit. La salive lui coule des babines en entendant le chat qui mâche sans discrétion.

Quand le siamois revient en se nettoyant les moustaches, Bodger veut lui lécher le museau avec sa grande langue pantelante, mais il reçoit un coup de patte sur la truffe. Il fouine ensuite le long des rives du ruisseau, explore du nez chaque pierre et chaque trou. Plein d'espoir, il fourre le museau dans des tunnels d'herbe sèche et la terre molle des taupinières. Las, il va se coucher tristement au pied d'un prunellier et il entreprend de lécher ses pattes noircies.

Luath a faim aussi, mais son sang de bon et loyal labrador lui interdit de tuer. Pendant des générations, ses ancêtres ont été dressés à apporter sans blesser. Tuer lui est étranger. Il boit simplement et pousse ses compagnons à reprendre la route.

La sente forestière court sur une crête d'où, sur le pays vallonné, on découvre un panorama d'une richesse de couleurs inouïe. Ce sont les rouges et vermillons des rares érables, les blancs des troncs des bouleaux, les jaunes des peupliers. Çà et là les bouquets écarlates des baies de frênes marquent de taches vives la toile de fond vert sombre des pins, sapins et cèdres.

Plusieurs fois les trois bêtes doivent franchir des rampes de rondins accrochées à flanc de colline, suivre les ornières profondes des traîneaux de schlittage. Ils passent devant des cabanes de bûcherons abandonnées, des clairières en friche, des écuries antiques et des chaumières qui ont abrité des hommes d'une autre génération. Par les fenêtres délabrées on voit que les mauvaises herbes ont tout envahi, jusqu'aux vieux fourneaux rouillés qui se sont transformés en pots de fleurs ! Notre trio ne goûte pas du tout le pittoresque de ces vestiges. Il n'y voit que la preuve de la présence humaine et passe son chemin, le poil hérissé.

À la fin de l'après-midi, le vieux bull trébuche à tout bout de champ. C'est sa seule volonté qui le maintient debout. Le chat a conscience de cette défaillance. Il marche maintenant tout près de son vieux copain chancelant et, de temps en temps, miaule plaintivement. Le malheureux chien, en arrêt devant une ornière profonde à demi remplie d'eau boueuse, ne trouve plus la force de la contourner. Il tremble de tout son corps. Il essaie de boire, ses pattes se dérobant, et il s'affale dans la fange. Alors il reste là, les yeux clos, la respiration courte, et bientôt ne bouge plus du tout.

Frénétiquement, le pauvre Luath se lamente, il gratte le bord de l'ornière, il bourre le corps inanimé de petits coups de truffe ; tandis qu'il aboie, le chat ronronne doucement et frotte de toutes ses forces la tête sale et boueuse. Pas de réponse : le vieux chien est évanoui.

Ayant cessé leur manège, les deux animaux s'asseyent côte à côte, troublés et mal à l'aise. Puis ils s'écartent et s'en vont sans regarder en arrière. Le labrador disparaît dans les taillis où le craquement des branches signale son avance. Le chat s'en va guetter une perdrix qu'il a aperçue à la lisière du chemin, cent mètres plus loin. Un écureuil qui a vu la scène prévient l'oiseau avec son cri aigu et la perdrix s'envole sous le nez du chat. Il s'était pourléché les babines un peu tôt. Tant pis. Il prend la piste d'une autre proie et disparaît dans la nature.

Les ombres commencent à s'allonger sur le chemin désert. Le vent du soir balaie vers l'ornière des feuilles mortes chuchotantes. Fragiles, légères comme une bénédiction, elles tombent sur la forme inanimée. Sur un arbre, l'écureuil aux yeux brillants glousse doucement. Une musaraigne traverse la moitié du chemin, s'arrête et revient sur ses pas. Une pipistrelle aux ailes soyeuses se suspend à une branche de bouleau et se balance en appelant un compagnon. Le vent se fait plus léger, ce sera bientôt le silence de la nuit.

Tout à coup le charme est rompu. On entend dans les broussailles le bruit d'une grosse bête qui avance sans aucun souci des branches qu'elle fait craquer. L'alerte est donnée par l'écureuil qui en jacassant escalade son tronc d'arbre. Les oiseaux s'envolent. Apparaît sur le sentier un ourson déjà grand, aux oreilles rondes bien couvertes de fourrure. Il aperçoit le vieux chien, et ses petits yeux enfoncés s'allument de curiosité. Dans le taillis il y a toujours du bruit, un grognement nasillard prouve que la mère n'est pas loin. En ce moment elle examine avec grand intérêt une souche pourrie. L'ourson, au premier abord interloqué, s'avance timidement vers l'ornière où gît notre malheureux bull-terrier.

L'ourson commence par renifler avec subtilité l'odeur inconnue. Puis avec sa patte noire courbée, il tapote la tête blanche. Malgré son inconscience, le vieux chien a tout de même ouvert les yeux, subodorant le danger. L'ourson surpris fait un saut en arrière et garde ses distances. Rien ne bouge, il revient prudemment et donne un nouveau coup de patte plus fort et attend la réaction.

Il ne reste au vieux chien que la force de montrer les dents, et de gronder faiblement quand l'ourson lui laboure l'épaule de ses griffes. Il essaye ensuite de se redresser mais l'ourson énervé par l'odeur du sang s'est mis à califourchon sur son corps et joue déjà avec la longue queue blanche. Il lui mordille le bout. On dirait un enfant qui a trouvé un nouveau jouet. Le vieux chien est bien incapable de sentir la douleur et l'outrage. Les yeux clos, la babine encore retroussée, il semble endormi à jamais.

À ce moment paraît au tournant du sentier un chat qui tire par l'aile une grosse perdrix morte. D'un coup il voit le spectacle abominable et il est si médusé qu'il laisse choir l'oiseau. Mais, à vue d'œil, il subit une terrible métamorphose. Sur le masque noir de sa tête on ne voit plus que deux yeux bleus qui jettent du feu ! Le corps couleur de blé mur augmente de volume, double de taille en se couvrant de poils hérissés. Même la queue chocolat devient énorme. Le félin, prêt à bondir, rampe à ras de terre un instant tout en crachant et, en poussant un miaulement sauvage, saute sur l'ourson épouvanté.

Il est accroché comme un singe au cou du plantigrade et, avec sauvagerie, lui laboure les yeux de ses griffes. Il siffle, feule et crache toujours dans sa fureur meurtrière. Bien sûr l'ourson hurle de douleur et de peur. Aveuglé par le sang, il bat l'air de ses pattes pour chasser ce diable accroché à lui. Aux clameurs du petit répond un rugissement de tonnerre, et, dans un grand fracas de branches cassées, l'énorme ourse noire se précipite au secours de son rejeton. Elle avance vers le chat une patte monstrueuse mais, plus leste, il saute à terre et, en sifflant toujours, furieusement, disparaît derrière un arbre. Le malheureux ourson reçoit quand même la gifle et sous le choc va rouler dans les taillis. Rendue folle de rage par les cris de son petit, la mère aperçoit enfin la silhouette immobile du vieux chien et elle se rue vers lui en grognant. Pour détourner son attention, le chat saute à nouveau sur le sentier. L'ourse s'arrête, prête à l'attaque. Elle se dresse de toute sa hauteur, ses yeux luisent sauvagement. Elle a le cou tendu, et balance la tête comme un serpent. Avec un cri de mort, le chat avance, le dos rond, les pattes raides, ses yeux de feu dardés sur l'énorme adversaire.

Devant l'attitude farouche du chat, l'ourse n'est pas très rassurée. Tête basse, elle recule pas à pas, tandis que le chat progresse lentement, circonspect, mais décidé. Déconcertée par la tactique de ce diable minuscule, et distraite par les sanglots de son petit, elle continue à céder du terrain, pouce après pouce. Maintenant le chat rampe, ventre au sol, tandis que sa queue ondule. L'ourse voudrait bien se sauver mais elle a peur de se retourner. Soudain, on entend un craquement dans les fourrés et l'énorme bête est changée en statue. Un grand chien aux poils hérissés, tous crocs dehors, sort du bois en grondant et vient se ranger aux côtés du chat. Alors sans hésiter plus longtemps la maman ourse se retourne rapidement et se précipite à quatre pattes vers son nigaud de fils qu'elle entraîne à sa suite dans la forêt. Un dernier grognement, un sanglot, le bruit de la fuite des plantigrades qui décroît dans le lointain. Enfin tout redevient calme. L'écureuil curieux redescend de son arbre.

Le chat a retrouvé sa taille normale. Ses yeux ont repris leur éclat froid et distrait. Après avoir secoué ses pattes avec dégoût, il a un regard pour le malheureux chien réduit à l'état de paquet boueux et flasque, affligé de quatre entailles sanglantes à hauteur de l'épaule. Nonchalamment, il retourne à sa perdrix.

Les babines froncées, offusqué par l'odeur forte de l'ours, Luath flaire son ami et lèche ses plaies. Il recouvre de feuilles fraîches celles tachées de sang, puis aboie dans les oreilles du vieux bull. Toujours aucun signe de vie. Le labrador se couche sur l'herbe, haletant, inquiet, le poil hérissé, et gémit.

Tao, le chat, est revenu. Il dépose un gros oiseau gris directement sous le nez du vieux chien évanoui, et commence à lacérer doucement les chairs à coups de griffes. Bientôt une odeur de sang et de chair de gibier pénètre les sens du vieux chien. Il ouvre un œil et renifle pour apprécier. Le résultat est stupéfiant : avec des efforts convulsifs comme ceux d'un vieux cheval qui se relève après une chute, il parvient à se coucher sur ses pattes de devant et sa queue martyrisée, pleine de boue, commence à s'agiter.

La pitoyable bête n'est plus qu'un grotesque arlequin en robe blanche tachée de boue noire et de sang. Son corps est encore tout tremblant, mais une lueur nouvelle brille au fond des petits yeux couleur de cassis. Il met la truffe dans le tas de plumes tout chaud et le chat ne dit rien. Il affecte seulement de se tenir à l'écart. Maintenant le vieux Bodger mange. Les os craquent sous ses dents émoussées. Une force miraculeuse pénètre dans son corps. Après s'être assoupi un moment, une plume dans la gueule, il se réveille pour finir le dernier morceau.

À la tombée de la nuit, il est en état de se déplacer vers l'herbe moelleuse en bordure du sentier. Il se couche, agite sa queue miteuse et cligne de l'œil vers ses compagnons. Le labrador lui lèche consciencieusement l'épaule blessée. Le chat, revenu d'une nouvelle tournée de chasse, a laissé tomber un autre bon morceau aux pieds de son vieil ami. C'est une sorte de gerboise, aux gros yeux globuleux, qui ressemble à un kangourou miniature qui aurait des lunettes d'aviateur ! Après l'avoir avalée d'une seule bouchée, le vieux chien s'endort. Le chat ronronne contre sa poitrine et le jeune chien, roulé en boule, s'appuie contre son dos. L'un comme l'autre restent vigilants et attentifs toute la nuit.

## CHAPITRE IV

Aux premières lueurs de l'aube, le labrador, tenaillé par la faim, se met en chasse. Dieu lui pardonne, voilà qu'il commence par goûter à des crottes de cerf ! Il les recrache avec dégoût. Pendant qu'il boit à une mare couverte de feuilles de nénuphars, il aperçoit une grenouille. Elle le regarde. Elle bondit, il bondit et la cueille au vol ! Le batracien est aussitôt gobé. Notre chien continue après ce premier succès, mais en une heure de patientes recherches, il n'a que deux grenouilles dans l'estomac et s'en retourne vers ses compagnons. Ces deux-là sont en train de se lécher les babines au milieu de plumes et de poils éparpillés. Le vieux terrier est encore bien faible. Il a perdu beaucoup de sang et, à chaque mouvement, ses blessures ont tendance à se rouvrir. Il va rester là toute la journée, couché au soleil, et manger ce que le chat lui apportera.

Luath revenait bredouille de ses incessantes expéditions. Il était désespéré... quand la chance tourna. Un lapin, déjà revêtu de sa fourrure blanche d'hiver, lui fila dans les pattes. Tête baissée, queue en trompette, le chien le poursuit. En crochetant, le lapin lui échappe toujours. Encore un effort, un bond terrible, et il tient à pleine gueule la proie chaude et palpitante. Le dressage de tant de générations ne compte plus. En déchirant la viande fumante qu'il avale aussitôt gloutonnement, le labrador ne ressemble plus à un chien mais à un loup.

Pendant deux jours, ils restèrent au même endroit, profitant d'un temps magnifique, chaud et ensoleillé. Au troisième jour, Bodger était presque rétabli, avec ses blessures bien refermées et capable de marcher un peu. Dans l'après-midi, donc, les trois compagnons se remettent à trottiner sur le chemin, et quand la lune se lève, ils ont déjà parcouru plusieurs kilomètres, et longent les bords d'un petit lac. Sur l'autre rive, se baignant parmi les nénuphars, ils aperçoivent un orignal. La tête seule chargée de bois énormes et le cou bossu du lourd animal se détachent dans le contre-jour lunaire. Sans faire attention à nos compagnons, l'orignal plonge à plusieurs reprises la tête sous l'eau, mais en la rejetant loin en arrière sur son cou entre chaque plongée. Deux ou trois poules d'eau effarouchées sortent des roseaux et nagent en hochant la tête. Un grèbe huppé émerge à côté d'elles. Les larges rides du sillage de tous ces petits nageurs sont ourlées d'argent par la lune. Aux aguets devant ce spectacle, notre trio voit enfin l'orignal sortir lentement de l'eau boueuse. Son bain est fini, il s'ébroue. Les gouttelettes d'eau scintillent autour de lui pendant une seconde. La bête franchit la rive et est immédiatement engloutie par la forêt. Tout à coup Luath lève la tête et hume, le museau tourné vers le vent. Grâce à son odorat subtil, il a tout de suite identifié une lointaine fumée de bois, mais il y a aussi une autre odeur qu'il ne connaît pas.

Quelques secondes plus tard, Bodger à son tour rencontre les effluves. Sa truffe travaille, interroge le vent. Sa queue frétille pendant que ses yeux s'allument. Pour lui, ça sent l'être humain. Il y a des hommes à proximité. Mieux, on ne peut se tromper sur leur message ni refuser leur invitation. Ils font certainement cuire quelque chose en ce moment !

Attendre plus longtemps, c'est le supplice de Tantale ! Le vieux terrier se met donc à trotter avec résolution. Le jeune labrador le suit non sans quelque répugnance. Quant au chat, on dirait que la lune l'a rendu un peu fou. Il se précipite, bondit puis se fond dans l'ombre pour réapparaître une seconde plus tard sur les traces des deux chiens qui affectent d'ignorer ce manège. L'odeur extraordinaire vers laquelle ils marchent tous les trois embaume littéralement. C'est un haut fumet de ragoût de canard sauvage, de riz mitonné, avec une bonne pointe de fumée de bois ! Parvenus au sommet d'une colline, nos trois ventres creux aperçoivent en contrebas dans la clairière six ou sept feux de camp dont les flammes éclairent des tentes disposées en demi-cercle et des abris d'écorce de bouleau. La lueur des bûches porte jusqu'aux canoës qui sont tirés à sec au bord d'un marais planté de riz sauvage.

Immédiatement autour du feu, à la source de la chaleur et de la lumière, sont groupés en rond des Indiens Ojibways, dont les flammes rouges accentuent la couleur de cuivre et les traits burinés des visages. Les hommes sont en pantalon de coutil et portent des chemises de couleurs vives en tissu écossais bariolé. Les femmes sont habillées de couleurs sombres. Deux jeunes garçons, les seuls enfants du camp, semble-t-il, vont de feu en feu pour remuer le riz qui grille dans de grandes poêles.

Un homme chaussé de mocassins de cuir souple égrène du riz sauvage en piétinant des cosses, dans un cadre de rondins. Quelques Indiens se tiennent à l'écart. Ils fument et veillent, se parlent doucement. Maintenant on fait le service. Deux Indiens font circuler une marmite noircie dans laquelle chacun puise pour remplir sa gamelle de fer-blanc. En mangeant, quelquefois un convive jette un os par-dessus son épaule qui ferait bien l'affaire de nos trois affamés. À la lisière du camp, une femme vanne le riz ou une autre céréale dont on peut voir la balle flotter comme de la fumée.

Voir ? Oui, mais pas le vieux Bodger. Lui ne voit rien du tout, mais grâce à ses oreilles et à son nez, il sait tout ce qui se passe dans le camp. N'y tenant plus, il descend le long de la colline avec précaution, car son épaule le taquine encore. À mi-chemin, il se heurte à un nuage de balle dont la poussière le fait éternuer. Au bruit, un garçon a déjà ramassé une pierre et regarde en direction du chien. Une Indienne à côté de lui l'apostrophe et il ne jette pas le caillou.

Notre bon chien toujours boitillant va droit au cercle de lumière. Confiant, amical, il est sûr d'être bien accueilli, mais pour attirer sur lui les bonnes grâces, il agite la queue avec frénésie et arbore son plus beau sourire, qui lui fait une tête de cauchemar. Grand silence de stupéfaction, sanglots de terreur du plus petit enfant qui se précipite contre sa mère, suivis d'un bavardage excité. Vexé de cet accueil, et encore indécis, le vieux chien veut aller à l'enfant le plus proche, mais celui-ci recule en serrant sa pierre. Il faut que sa mère le réprimande à nouveau et, se levant après avoir posé son panier, elle traverse le cercle de lumière en direction du chien. En même temps, pour le rassurer, elle lui parle et finalement va jusqu'à lui caresser la tête. Toujours heureux d'un contact humain amical, le terrier, dressé sur ses pattes arrière, va avec son museau vers les caresses, vers la figure de l'Indienne qui se penche sur lui. Le fouet du chien frappe en cadence les bas noirs. Des doigts légers lui frôlent les oreilles. La femme se met à rire quand le chien lui lèche le visage.

Maintenant les deux petits garçons s'approchent sans crainte, et bientôt tout le camp fait cercle, un cercle dont Bodger est le centre, ce qui était son plus cher désir. Il lui faut, pour ses comédies, une assistance capable d'apprécier. Quand un Indien lui lance un gros morceau de viande, il fait péniblement le beau puis réclame encore en levant la patte. Cela fait toujours rire et, pour les Indiens, il répète le numéro jusqu'à en être épuisé mais heureux. Maintenant qu'il est couché, la femme le caresse doucement et lui verse une écuelle de ragoût. Avant de manger, le vieux chien a un regard vers la colline où sont restés ses deux amis.

Un petit silex, en rebondissant bruyamment d'une roche sur l'autre, a suscité un brusque silence durant lequel un chat aux longues pattes et aux yeux bleus surgit de l'ombre. Avec un miaulement aigu et plaintif, il va droit au vieux chien et s'empare tranquillement d'un morceau de sa viande. Voilà un manège qui fait rire les Indiens aux larmes. Quant aux deux garçons, ils se roulent par terre en frappant le sol de leurs talons. Le chat impassible continue à mâcher sa viande. Pour n'être pas en reste, Bodger ne trouve rien de mieux que de se rouler lui aussi avec enthousiasme, ce qui fait que ses blessures se rouvrent et que le sang tache à nouveau sa robe blanche.

Toujours immobile et farouche, Luath est resté sur la colline. Il attend ses amis. Mais le chat satisfait et repu est déjà roulé en boule. Il dort sur les genoux d'un des enfants assis près du feu. Une vieille Indienne toute courbée et ratatinée harangue avec passion la tribu pendant qu'elle examine l'épaule du chien couché devant le feu. Elle jette une poignée d'herbes et de racines dans un pot d'eau bouillante, puis trempe un tampon de mousse dans la mixture qu'elle passe ensuite sur les plaies noires. Le vieux chien ne cille pas, seule sa queue s'agite doucement. Maintenant qu'elle a fini, la vieille Indienne propose au bull-terrier un beau morceau de viande posé sur une écorce de bouleau. Sur la colline, le malheureux observateur silencieux se lèche désespérément les babines, mais il n'ose pas encore bouger.

Les feux commencent à s'éteindre et il est manifeste que les Indiens font leurs préparatifs de nuit, sans que ni Tao ni Bodger ne donnent l'impression de vouloir partir. Luath est surexcité. Il contourne le camp, se glisse comme une ombre entre les arbres, jusqu'à arriver au bord du lac, à quelques centaines de mètres en amont du camp. Là, il se décide à aboyer rudement et impérativement.

Pour ses amis, c'est le signal d'alarme. Le chat bondit des bras du petit Indien et court au vieux chien qui est déjà debout. Avec un miaulement de gorge, le chat file, mais non sans regarder derrière lui, en quittant la zone éclairée. Après avoir secoué sa vieille peau encore empreinte de douce chaleur, Bodger suit doucement. Impassibles et silencieux, les Indiens regardent les bêtes s'en aller. Ils ne font pas un geste pour les rappeler. Seule, l'Indienne qui la première a caressé le vieux terrier murmure doucement un adieu au voyageur.

Le chien s'est arrêté à côté du chat. Ils sont à la limite de la clairière et se retournent. Un nouvel appel se fait entendre et ils disparaissent dans l'obscurité. Ce soir, ce vieux chien sorti de la nuit comme ce chat étrange auraient pu tirer parti de la situation, s'ils s'en étaient souciés. La vieille Indienne avait cru reconnaître, dans le vieux chien couleur de neige, le Chien Blanc des Ojibways, le vertueux Chien Blanc des Présages, celui dont l'apparition annonce la bonne ou la mauvaise fortune. Les Esprits avaient envoyé cette bête affamée et blessée pour éprouver l'hospitalité de la tribu. Ils lui avaient par surcroît choisi un chat pour compagnon afin de convaincre les sceptiques. Pourrait-il y avoir en effet un chien non immortel de par le monde qui supporterait qu'un chat lui vole sa viande ? Ce chien, on l'avait bien accueilli, nourri et secouru, toutes choses de bon augure.

## CHAPITRE V

Les jours suivants, notre trio poursuit son voyage sans incident. En route chaque matin dès l'aube, nos amis trottinent cahin-caha toute la journée. L'allure est donnée par le vieux chien. Pour faire sa nuit et dormir, les refuges favoris sont les excavations des arbres déracinés. Là on est à l'abri du vent, et on peut s'enterrer dans les feuilles mortes pour avoir chaud. Jour après jour, le terrier devient plus fort ; il est maigre, mais ses blessures se cicatrisent et son poil est magnifique, lisse et brillant. Bref, le voilà en meilleur état, rajeuni et plus résistant qu'au début du voyage. Ce bon Bodger, de toute façon, a un tempérament heureux. Il trottine dans le grand calme des taillis avec une inaltérable bonne humeur. Affamé, il l'est perpétuellement, mais le chat, chasseur habile, l'approvisionne. Il faut bien le dire, le gibier dû aux griffes du félin n'est pas toujours d'un goût exquis mais à la guerre comme à la guerre !

Le plus à plaindre est le bon Luath. Ce chien n'est pas un chasseur-né. Il gaspille ses forces à des courres impossibles. Son ordinaire se compose de grenouilles, de souris et des reliefs des repas des deux autres. Quelquefois, il est assez heureux pour effrayer quelque petit prédateur en plein carnage et lui voler sa proie, mais c'est très insuffisant pour un si gros chien. Sous le poil luisant on commence à voir pointer les côtes. Toujours agité et avec cette faim continuelle qui le tenaille, il va rôder au loin, quand les deux autres se reposent. Jamais il ne plaisante avec ses amis. Lorsqu'il approche, Tao se sauve souvent comme s'il avait peur décidément de ce chien grognon et agité, qui, quelquefois, le poursuit jusqu'à ce qu'il grimpe sur un arbre. Il est notoire que le labrador désire rester à l'écart, lointain et vigilant, nerveux et tendu, comme s'il ne pouvait oublier son objectif.

Il retourne chez lui, vers son maître. Il va vers la maison qui était la sienne, et rien n'est plus important. Ce désir fervent, cette certitude le poussent toujours plus loin vers l'ouest, à travers des régions sauvages et inconnues, avec cet instinct infaillible du pigeon voyageur qui revient au pigeonnier. La vie de nomade n'est pas pour déplaire au siamois. En bonne condition, luisant et bien soigné, il est plus gracieux que jamais. S'adaptant vite et parfaitement, il donne l'impression de goûter parfois tout le sel de cette expédition et toujours les joies de la vie sauvage. Souvent il quitte ses amis pour une heure et plus, mais comme il revient tôt ou tard, les autres n'y prêtent plus attention.

Ils suivent de préférence les vieilles pistes et sentiers abandonnés, qui sillonnent cette région quasiment déserte. Parfois, ils coupent à travers bois. Heureusement l'été indien est toujours rayonnant, car la mince toison de Bodger n'est pas confortable pour de basses températures. Sous le poil, une bourre plus épaisse commence à pousser, mais, même avec elle, ce ne serait pas suffisant. La robe du chat se fourre également, le faisant paraître plus lourd. Celle du labrador n'aura pas besoin de renfort, elle va pour tous les temps. Les poils ras mais épais sont si rapprochés qu'ils constituent une espèce de carapace imperméable. Les jours sont courts, mais il fait encore chaud au soleil, bien que les nuits soient froides. Un soir la gelée se fit soudaine et le vieux chien frissonna tellement qu'ils durent quitter leur abri, dès que l'anneau brillant de la lune se leva. Après avoir voyagé toute la nuit, ils se reposèrent le matin suivant, à la chaleur du soleil.

Les feuilles perdent rapidement leurs vertes couleurs et beaucoup d'arbres se dénudent, mais, au bord du chemin, les églantiers flamboient et les marguerites de la Saint-Michel s'épanouissent. Beaucoup d'oiseaux se sont déjà enfuis vers le sud. D'autres se rassemblent en grandes bandes. Ils remplissent l'air de leur babillage incessant et on ne les voit pas tandis qu'ils picorent aux alentours. Tout à coup ils s'envolent tous ensemble et forment une grande écharpe qui s'étire, se rassemble, tourne, se change en un nuage bruyant qui monte ou descend avec indécision. À part les oiseaux, nos trois compères rencontrent de timides habitants des forêts alertés de loin par l'avance bruyante des chiens et leur odeur. Les seuls qu'ils croisent appartiennent à des espèces peu curieuses de nature et très préoccupées de leurs préparatifs pour l'hiver.

Ils ont rencontré par exemple un autre ours, mais un seul, luisant et gras comme du beurre ; le plantigrade avait manifestement tourné ses seules pensées vers l'hibernation et ne pouvait avoir que mépris indifférent pour des étrangers. À dire vrai, il était assis sur un rondin au soleil quand nos amis le virent. Il les regarda à son tour de ses petits yeux enfoncés et pleins de sommeil, puis il bâilla et continua à se gratter l'oreille. Ce qui n'empêcha pas le chat de feuler avec colère près d'une heure encore après cette rencontre.

Lapins et belettes ont déjà revêtu leur blanc pelage d'hiver. Quelques bruants des neiges sont arrivés. Plusieurs fois, ils entendent les coups de trompette triomphants des oies sauvages qui passent dans le ciel en vol triangulaire, faisant route vers le nord. Les visiteurs des régions du nord s'en vont et ceux qui restent se préparent pour un long hiver. Le pouls de la nature s'apaise et bat de plus en plus lentement jusqu'à la première neige. Sous la douce couverture, dans leurs tanières, leurs terriers et leurs trous, les animaux dormiront jusqu'au printemps, respirant à peine.

Nos trois aventuriers sont conscients de ces préparatifs et de leur signification, et ils allongent le pas, autant que le vieux Bodger le peut. Les bons jours, ils parcourent jusqu'à vingt kilomètres.

Depuis qu'ils ont quitté le campement indien sur les rives du lac au riz, ils n'ont rencontré ni être humain ni trace d'habitation. Une seule fois, à la tombée de la nuit, ils traversent un camp abandonné, au cœur de la brousse. Contre une des cabanes obscures, ils flairent une boîte à ordures. Dans les environs, une odeur rance et lourde d'ours en maraude flotte encore dans l'air, aussi le chat refuse-t-il d'approcher. Bodger, sous l'œil attentif des deux autres, renverse la lourde boîte puis essaye de soulever le couvercle d'un nez exercé. Le chat gronde et gratte les graviers, si bien que les deux chiens n'entendent pas la porte de la cabane s'ouvrir derrière eux. Soudain, un coup de fusil. Le fond de la boîte reçoit la décharge, le couvercle est soufflé avec le contenu qui se répand sur Bodger. Abasourdi, le chien demeure un instant immobile. Un second coup claque qui sonne encore sur le métal et le ramène à lui. Saisissant au passage un os dans le tas, il se précipite à la suite du labrador, il court même si vite qu'il le dépasse. Bien lui en prend ! Une nouvelle grêle de plombs, mais celle-là qui les pique au bon endroit, les fait sauter et redoubler de vitesse. Avant de s'arrêter pour la nuit, ils marchent longtemps et le vieux chien est si fatigué lorsqu'il se couche qu'il va dormir jusqu'à l'aube. Les plombs ne leur ont fait aucun mal, mais l'incident n'a pas calmé la nervosité du jeune chien, au contraire.

Quelques jours plus tard, en dépit de la méfiance accrue du labrador, ils font une nouvelle rencontre inattendue. Vers midi, ils s'arrêtent pour boire à un gué situé à la croisée d'une piste menant à une mine d'argent désaffectée. Soudain, un derrière blanc, c'est un lapin qui se lève des fougères et traverse l'eau. Luath bondit en éclaboussant les deux bêtes qui vont assister à la poursuite. La tête du lapin et celle du chien, l'une basse et l'autre haute, dansent un ballet d'un rythme parfait, quelque temps dans les fougères, puis disparaissent sous les arbres. En se secouant vigoureusement, Bodger asperge le chat qui s'en va furieux. Seul maintenant, le vieux drôle va profiter au maximum de sa liberté. Il baguenaude joyeusement autour des rochers tapissés de lichen et des berges moussues. Il savoure tout, d'un nez de connaisseur. Avec mécontentement, il donne de la truffe dans les chapeaux rouges de plusieurs grands champignons. Pendant un moment, il piste comme un limier un coléoptère luisant, puis s'en désintéresse et s'assied dessus. Il bâille, se gratte l'oreille et se roule dans la fange. Tout à coup, il demeure une patte en l'air ; la tête tournée vers le chemin, il dresse une oreille ridée pour écouter plus attentivement. Tandis que sa queue témoigne de son attente satisfaite, quelqu'un marche sous les taillis dans sa direction. Le chien regarde d'un air myope vers la piste, sa queue bat ses flancs d'un côté et de l'autre en signe de bienvenue. Un homme âgé apparaît, un sac de toile sur l'épaule, il est en grande conversation avec lui-même. Bodger se porte à sa rencontre, mais l'homme ne s'arrête pas. Petit et courbé, il va clopin-clopant, mais soulève son vieux chapeau de feutre vert en passant devant le chien. Ses cheveux blancs lui font comme une couronne et son sourire est empreint d'une grande douceur. Deux petits oiseaux gris et blanc voltigent de branche en branche au-dessus de sa tête. Avec satisfaction, le vieux chien lui emboîte le pas. Puis c'est au tour du chat qui apparaît au loin, mais qui n'a d'yeux que pour les petits oiseaux qu'il voudrait bien attraper. À quelque distance, suit maintenant, toujours soupçonneux, mais victorieux, le labrador, qui tient dans sa gueule le cadavre disloqué du lapin. L'homme et les bêtes parcourent en procession le tunnel humide et vert de la piste pendant un demi-mile. Les arbres se font plus clairsemés et ils arrivent à une petite cabane située dans une clairière à côté d'une mine abandonnée. L'un après l'autre, ils traversent un petit jardin bien ratissé entre une haie de framboisiers et de pommiers sans feuilles, montent lentement les quelques marches du perron. Le vieillard pose son sac, frappe à l'huis, puis attend et l'ouvre, en se tenant courtoisement à l'écart pour laisser passer d'abord ceux qui le suivent. Le vieux Bodger entre, serré de près par le chat, puis l'homme franchit la porte à son tour. Luath, le regard méfiant, l'œil rond au-dessus de son lapin, hésite. La porte ouverte le rassure. Il dépose soigneusement son gibier derrière un buisson, le cache sous un lit de feuilles, puis rejoint les autres. Formant un cercle attentif au milieu de la cabane, ils savourent, le nez levé, une délicieuse odeur de viande.

Ils regardent le vieillard brosser le bord de son chapeau, le suspendre puis, boitillant vers un petit poêle à bois, y jeter une nouvelle bûche. Il se lave ensuite les mains dans une cuvette, puis soulève le couvercle d'une marmite dont le contenu mijote au coin du poêle. Nos trois observateurs s'en lèchent les babines par avance. Au moment où le vieil homme prend sur un dressoir quatre assiettes à filet doré, un lérot qui était caché derrière un pot bleu apparaît sur la planche du meuble et, très excité, remonte le long du bras de l'homme jusqu'à son épaule où il s'installe. Ses yeux brillent de jalousie et son pelage rayé est hérissé par la colère que lui inspire la présence des étrangers. Par ailleurs, des paillettes d'or fulgurent dans les yeux du chat et illuminent sa face sombre. Sa queue balaie l'air, ce qui n'est pas bon signe, mais il se retient par respect pour la société.

Le vieillard gronde affectueusement le lérot et, tout en disposant quatre couverts, lui donne un croûton dont il gonfle ses abajoues. Il verse quatre très petites portions de ragoût dans les assiettes. Le petit rongeur gronde encore, mais faiblement, tout en sautant d'une épaule sur l'autre pour épier le chat. Bodger s'approche, le vieil homme paraît très menu derrière sa chaise à grand dossier. Il a fermé ses yeux bleus enfantins et ses lèvres remuent comme pour un bénédicité. Enfin, il tire sa chaise et s'assied. Soudain il a l'air gêné, il regarde autour de lui, mais son front s'éclaircit et il se lève pour approcher de la table deux autres chaises et un banc.

— Asseyez-vous, dit-il, et à cette invitation familière les trois animaux obéissent.

Pendant qu'il mange lentement, presque avec lassitude, deux paires d'yeux hypnotisés suivent les mouvements de la fourchette vers la bouche ; cependant qu'une troisième paire reste braquée sur le lérot. Son assiette vidée, le vieillard sourit à la ronde, mais ce sourire fait place à une expression de surprise en voyant les autres assiettes intactes. Après une longue méditation sur ce cas, il hausse les épaules et prend place sur le siège voisin : il vide la deuxième écuelle puis recommence le même manège pour les deux dernières. Ses visiteurs demeurent cloués au sol sous le charme. Pour une fois, Bodger lui-même est bien embarrassé. Tout à l'heure il frissonnait d'impatience gourmande et la salive lui coulait de la gueule, et maintenant il reste là, assis comme le veulent la coutume et la bonne éducation canine.

Son quadruple repas achevé, le vieillard reste immobile, perdu dans ses pensées. Sa tranquillité rayonnante emplit si bien la petite cabane que ses contemplateurs demeurent figés à leur place. Un coup de vent et la porte s'ouvre toute seule en grinçant. Un oiseau au plumage brillant vient se percher sur le chambranle, et avec lui pénètre un peu du silence vivant de la grande forêt. Mal à l'aise, nos compagnons s'agitent et regardent derrière eux. Brusquement, le cri aigu du lérot déchire le silence tandis que ses pattes griffent le dressoir où il s'est précipité au moment où le chat était vraiment prêt à bondir ; pourtant au dernier instant il n'a pas sauté, et maintenant il se faufile à la suite de l'oiseau qui s'en va.

Brusquement revenu à lui, le vieillard se lève et paraît se demander où il est en voyant les deux chiens près de la porte. La mémoire semble lui revenir lentement, et, bien que son regard absent passe au-delà de ce que voient ses yeux, il sourit aux deux bêtes avec affection et dit :

— Vous devriez venir plus souvent.

Il ajoute pour le vieux Bodger qui remue la queue :

— Rappelez-moi donc au bon souvenir de votre chère mère.

Il raccompagne les chiens jusqu'à la porte. Ces derniers la franchissent avec une grande dignité et, par le petit chemin sinueux, regagnent la piste quelques instants abandonnée.

Le temps pour Luath de récupérer furtivement son lapin et le chat les a rejoints. Sans plus regarder en arrière, ils gagnent dans leur formation serrée l'abri des grands arbres de la forêt.

Un quart de mile plus loin, Luath dépose son lapin par terre, non sans avoir regardé autour de lui. Il le flaire plusieurs fois, en le retournant. Un peu plus tard, les deux chiens ensemble le dévorent à belles dents tout en grognant amicalement. La peau du lapin n'est plus qu'une guenille sanglante qu'ils continuent à déchiqueter tandis que, toutes griffes rentrées, Tao les observe. Il se dresse enfin sur ses pattes de derrière, il s'étire de toute sa longueur et aiguise méthodiquement ses griffes contre l'écorce d'un arbre. Un léger bruit dans les longues herbes le cloue en arrêt. Une fraction de seconde et c'est un arc qui se détend, les griffes en avant ; un petit cri immédiatement interrompu. Les chiens n'en ont rien su et le chat est déjà revenu à son arbre, en se nettoyant les moustaches.

Au jour suivant, nos voyageurs descendent des collines, atteignent les bords d'une rivière qui coule en direction du sud. La rive d'en face n'est pas à moins de trente bons mètres. Le courant n'est pas très profond mais il est impossible de passer sans nager. Luath explore vers l'aval à la recherche d'un gué, car ses compagnons semblent bien décidés à ne pas se mouiller les pattes. Une ou deux fois, il a plongé et nagé devant eux pour tenter de les entraîner, mais ils sont restés résolument sur la berge, unis par leur répugnance.

Dans ce pays sauvage et désert, il n'y a pas de ponts ; le labrador constate que la rivière va s'élargissant, et, après avoir cherché un passage jusqu'à six ou sept kilomètres vers l'aval, il n'y tient plus ; il plonge et nage rapidement vers la rive opposée, sa queue comme celle d'une loutre faisant gouvernail. C'est un chien qui aime plus l'eau que ses amis ne la détestent. Arrivé sur l'autre bord, il se met à aboyer d'un air encourageant, mais Bodger, en réponse, lui clame sa détresse tandis que le chat miaule en chœur : force lui est donc de retraverser.

Frissonnant et misérable, le vieux chien descend tout de même vers son bain. Une fois de plus, le labrador traverse, grimpe sur l'autre rive, se secoue, faisant voler l'eau de son pelage, et aboie. Il n'y a pas à s'y tromper, le vieux Bodger fait tout de même un nouveau pas mais bien à contrecœur et en gémissant. Nouvel aboiement : nouvelle avance. Une fois de plus, Luath nage pour l'encourager. À la troisième tentative, le vieux chien s'enfonce dans l'onde jusqu'au poitrail et commence à nager. Il progresse par saccades rapides, la tête hors de l'eau, roulant ses petits yeux noirs. Mais son surnom étant « cavalier blanc » il faut bien qu'il arrive, et c'est dans le sillage du labrador qu'il gravit la berge opposée. Ses transports de joie peuvent se comparer à ceux d'un naufragé retrouvant la terre ferme après six semaines en mer sur un radeau ! Il court en rond à toute vitesse, se roule sur le dos, frotte ses épaules dans l'herbe pour se sécher. Très fier, il se joint maintenant au labrador pour aboyer des encouragements au chat.

Le pauvre Tao montre pour de bon ses premiers signes de panique depuis le début du voyage. Le seul moyen pour rejoindre ses compagnons consiste à nager dans ce véritable océan. Montant et descendant le long de la rive, il pousse ses miaulements surnaturels de siamois. Luath recommence ses allées et venues. Il nage çà et là en essayant de l'attirer dans l'eau. Mais le chat est hors de lui, et ne peut se décider. Tout à coup, il pique une course très peu féline vers la rivière et plonge. Avec une comique expression de terreur et de dégoût, il se met à nager vers Luath qui l'attend à quelques mètres. Très bon nageur, il progresse régulièrement... quand le drame éclate ! Jadis, une colonie de castors avait endigué un petit ruisseau qui débouche dans cette rivière à quelque trois kilomètres en amont. Les castors partis, le barrage s'était détérioré, et sa rupture n'était qu'une question de temps. Par un coup du sort, un morceau de bois pourri a cédé, et, sous la pression de l'eau, l'ouvrage entier s'est effondré au moment où nos deux compagnons atteignent le milieu de la rivière. Le flot libéré bondit en torrent. Poussant tout devant lui, le flux déferle dans la rivière où il forme un mascaret, dont la crête charrie de petits arbres, des branches arrachées, de la terre. Luath, voyant déferler la vague, se place en amont du chat, essayant instinctivement de le protéger. Mais il est trop tard, la grande vague les submerge dans un tourbillon. Le bout d'un rondin frappe le chat en pleine tête, et il est roulé, jusqu'à ce que son corps s'échoue à moitié sur un morceau à demi submergé du vieux barrage, puis la vague l'emporte.

Le vieux Bodger, inquiet, aboie sauvagement — il a senti le malheur sans le voir — et plonge dans l'eau bouillonnante, mais, le souffle court, il est repoussé par la force du torrent. L'autre chien, fort nageur, atteint la rive avec beaucoup de difficultés, déporté de plusieurs centaines de mètres vers l'aval avant de toucher terre. Il se met tout de suite à la poursuite du chat. Il aperçoit plusieurs fois la petite silhouette, tantôt submergée, tantôt sur la crête du mascaret, mais jamais elle ne s'approche de la rive. Une seule fois, le morceau de bois s'accroche à une branche en surplomb, mais le temps que le chien accoure et l'épave libérée tourbillonne déjà à perte de vue.

Peu à peu, le labrador perd du terrain, et il doit finalement s'arrêter à l'endroit où la rivière se perd dans un défilé inaccessible. À la sortie de la gorge il n'y a plus trace du chat.

À la nuit tombante, le labrador retourne vers son ami, qui marchait déjà à sa rencontre. Épuisé, boiteux, Luath répond à peine à l'accueil du vieux chien égaré et solitaire. Fatigué et malheureux, il se laisse tomber à terre, les flancs palpitants.

Ils ont passé la soirée là, relativement tranquilles, après les drames de cette journée. Pour se réconforter et se réchauffer, ils sont restés étroitement enlacés.

Lorsqu'une pluie fine s'est mise à tomber, poussée par un vent froid, ils se sont réfugiés sous les branches protectrices d'un vieux sapin.

Plus tard, au milieu de la nuit, Bodger, tremblant de froid, s'assied et hurle. C'est son « requiem » de chagrin, il crie sa solitude vers le ciel lourd et pluvieux. Le pauvre Luath doit se lever, bien avant l'aube, pour le conduire loin de la rivière, loin à l'ouest, toujours vers l'ouest.

## CHAPITRE VI

Sur la rive où sont maintenant nos amis, mais à bien des kilomètres en aval, se trouve une petite cabane ceinturée de trois ou quatre arpents de terre défrichée. L'aspect de la bicoque est solide, massif, mais quelques pots de géraniums écarlates accrochés aux fenêtres apportent une note de fantaisie, ainsi, du reste, que la peinture bleue laquée de la porte. Le bûcher est situé derrière la masure et la « buanderie », un petit lavoir en plein air, au bord de la rivière naturellement. Le bout de potager, le verger tout jeune planté, les champs aux clôtures nettes, avec les petits tas de cailloux qu'on en a sortis, et les souches provenant du défrichement témoignent d'autant de petites victoires gagnées sur la forêt tentaculaire.

C'est là que vivent Reino Nurmi et sa femme, aussi robustes que la cabane qu'ils ont bâtie de leurs propres mains. Leur vie est aussi frugale et rangée que les champs arrachés à la forêt. La nature qu'ils ont domestiquée leur dispense chichement de la nourriture et quantité de bois, mais il leur faut lutter sans fin pour la maintenir en sujétion. C'est un couple de Finnois qui n'a quitté sa patrie aux vastes forêts solitaires que pour un isolement aussi grand. Le seul contact qu'ils ont avec leur nouveau monde passe par l'intermédiaire de leur fille, âgée de dix ans, Helvi. Elle n'a pas connu d'autre pays. Tous les jours, pour aller à l'école, l'enfant va à pied prendre le car qui passe sur la grand-route à quelques kilomètres. Ce seul lien ténu avec le monde extérieur suffit aux Nurmi, satisfaits de leur horizon limité.

Ce dimanche, au cours duquel le barrage des castors va céder, il n'y a bien entendu pas d'école et Helvi s'amuse au bord de la rivière à faire des ricochets. Elle aimerait bien avoir un compagnon de jeu : concourir toujours contre soi-même, ce n'est à la longue ni très amusant ni très juste.

La berge heureusement surélevée met la petite fille à l'abri de la grande vague tumultueuse qui balaie tout sur son passage. Étonnée de ce spectacle, elle va courir prévenir son père, quand son attention est attirée par une épave qui, lancée par les remous, vient s'échouer sur les galets en bordure de la rive. Sur l'amas de branches dont l'épave est constituée, Helvi a l'impression de voir quelque chose ressemblant au corps d'un petit animal. Intriguée, elle s'approche du torrent et est saisie de compassion devant ce qui reste d'une bête comme elle n'en a encore jamais vu, avec un poil mouillé, collé et couvert de boue. Lestement elle repêche le paquet, branches et bête, le met au sec, puis file appeler sa mère.

Cette dernière, dans la cour, s'active près du vieux poêle à bois, sur lequel elle fait bouillir ses lessives et la nourriture des bêtes. Elle suit Helvi, en appelant son mari pour qu'il vienne voir lui aussi l'étrange animal rejeté par la rivière en crue.

Marchant de son pas tranquille de campagnard, le père Nurmi rejoint sa famille et regarde attentivement le petit corps flasque à la toison collée comme celle d'un rat noyé. Il examine le crâne dont les os semblent très frêles et la curieuse queue mince et croche. Il se penche et pose la main sur le noyé pendant un moment, puis il soulève une paupière et regarde l'œil de plus près, et dit :

— Un chat noyé vaut-il qu'on essaye de le sauver ?

Ayant vu le regard implorant d'Helvi, la mère fait oui de la tête. Le paysan, sans rien ajouter, ramasse le paquet dégoulinant et se dirige vers la cour en disant à Helvi de courir chercher un sac sec. Il pose le chat à terre près du poêle à bois, en plein soleil, et le frotte vigoureusement avec la toile. Bientôt les poils encore collés se redressent dans toutes les directions et le chat noyé ressemble à un vieux cache-nez. Une fois la bête enveloppée dans la toile à sac, la mère d'Helvi desserre les dents du chat pendant que la petite verse un peu de lait chaud additionné de cognac. Un spasme parcourt le corps de l'animal qui tousse avec difficulté, et manifestement étouffe en essayant de vomir. Le paysan place le corps raidi de l'animal sur son genou et appuie sur la cage thoracique. La pauvre bête, après avoir cherché sa respiration, vomit un jet d'eau puis se détend. Alors le père d'Helvi, avec un sourire de satisfaction, donne le paquet à sa fille, en lui disant de le garder au chaud et au calme, si vraiment elle désire un chat !

Le feu est éteint depuis longtemps, mais le four est encore chaud. La petite fille met le chat sur le plateau à l'intérieur du poêle en laissant la porte ouverte. Pendant que sa mère va préparer le dîner, et son père traire la vache, Helvi reste assise, jambes croisées, près du four, mâchonnant, dans son inquiétude, le bout de son lacet. De temps en temps, elle touche le chat, écarte la toile et caresse la douce fourrure qui commence à palpiter.

La voilà récompensée de ses peines. Au bout d'une demi-heure, le chat a ouvert les paupières. Lentement, elle voit les pupilles d'abord dilatées se réduire à des pointes d'épingle, et deux yeux bleu vif la regardent. Sous ses caresses, la poitrine du chat se met à vibrer et la petite fille entend un ronron faible et rouillé.

Tout excitée, elle appelle ses parents. Une demi-heure plus tard, Helvi tient, pelotonné sur ses genoux, un siamois luisant, ronronnant, qui a déjà bu deux soucoupes de lait (qu'il déteste d'habitude) après avoir fait toilette de la tête aux pieds.

Quand la famille Nurmi se met à table, le chat mange un bol de viande hachée menu. Il rôde ensuite autour des convives en mendiant un supplément d'une voix plaintive et en tenant la queue droite comme une bannière. Helvi est conquise par la douceur et les manières de ce félin.

Ce soir, les Nurmi mangent du brocheton frais cuit à la mode de leur pays, entouré d'une garniture de pommes de terre. Helvi met la tête du poisson sur une soucoupe avec du pain et des légumes, et la pose par terre. Avec de sourds ronrons de satisfaction, le chat salue cette tête de brochet, la mange et puis c'est le tour du pain et des pommes de terre. Il nettoie l'assiette vide avec sa langue râpeuse, puis s'étire superbement, pattes étendues, comme un lion héraldique. Sautant sur les genoux de sa jeune maîtresse, il s'y love en rond, continue son ronron. Chez les Nurmi, où toute bête vit à l'étable ou au chenil et gagne sa pitance, rien n'a jamais encore été prévu pour un animal d'agrément. C'est la première fois de sa vie que la petite Helvi a un favori. Ce dernier s'installe avec familiarité sur son épaule, alors qu'elle monte à l'échelle qui conduit à sa petite chambre sous les combles. Là, elle le borde tendrement dans un vieux berceau de bois où il s'endort satisfait, son masque noir incongru sur l'oreiller de poupée.

En pleine nuit, un gros ronron éveille la petite Helvi, qui sent le chat lui piétiner le dos. Le vent souffle en rafales, poussant des gouttes de pluie jusque sur son visage. Elle ferme la fenêtre. Au loin, presque couvert par le bruit de la tempête, on entend hurler un loup. Toute frissonnante, elle se recouche en serrant le chat contre elle.

Le lendemain matin, alors qu'Helvi va partir à l'école, le chat s'est installé sur le rebord de la fenêtre, déjà bien lesté d'une grande assiette de bouillie d'avoine. Sa fourrure brille au soleil, et il se lèche paresseusement sans quitter des yeux M<sup>me</sup> Nurmi. Dressé sur ses pattes de derrière, quand elle sort avec son panier de linge, on peut croire qu'il va sauter par la fenêtre. Craignant pour ses géraniums, la fermière se précipite pour ouvrir la porte à laquelle il gratte déjà. Elle s'attend à le voir s'échapper. Mais non, le chat la suit jusqu'à la corde sur laquelle elle étend son linge et s'assied près du panier en ronronnant. Ensuite, il l'accompagne dans ses allées et venues entre la chaumière, le poêle, le poulailler et l'étable. Si elle le laisse dehors par mégarde, il miaule pitoyablement.

Toute la journée, son comportement est identique : il suit les Nurmi comme leur ombre, ou les attend campé sur un poste favorable — le siège de la charrue, un sac de pommes de terre, la mangeoire des bêtes, la margelle du puits ; jamais il ne les quitte des yeux.

M<sup>me</sup> Nurmi est touchée de cette sociabilité. Elle attribue ce comportement différent de celui des autres chats à l'aspect étrange du siamois. Son mari, lui, n'est pas dupe. Il a déjà remarqué l'éclat inhabituel des yeux bleus. Le chat n'a pas bougé la tête alors qu'un corbeau passait en croassant. Dans l'étable, il a ignoré le léger bruit d'une souris dans la paille. Le fermier sait maintenant que le chat est sourd.

Avec ses livres de classe et son petit panier à provisions, Helvi coupe à travers champs et court sur tout le chemin du retour de l'école. Le chat vient l'accueillir puis se pose sur son épaule. Il n'en bouge pas durant tout le temps que la petite fille consacre à ses habituelles corvées du soir : donner à manger aux poules, ramasser les œufs, chercher l'eau. Enfin, elle s'assied pour faire des chapelets de champignons et le chat reste toujours sur son dos.

En le déposant à terre avant le dîner, elle constate que son père a raison. Les oreilles pointues ne bougent pas pour capter les sons. Pourtant le chat tressaille et tourne la tête si elle frappe dans ses mains ou si elle laisse tomber un petit caillou sur le plancher.

De la bibliothèque de l'école, elle a rapporté deux livres. Après la vaisselle, pendant la courte veillée, ses parents s'asseyent près du poêle, et elle leur fait la lecture en traduisant au fur et à mesure.

La vision de ce chat étendu sur le dos, à leurs pieds, et l'histoire égrenée par la voix douce de leur enfant les transportent bien au-delà de cette pièce misérable éclairée par la lampe à huile, vers des pays étrangers, éclatants de chaleur et de lumière.

Il est question dans ces livres de siamois voyageurs, véritables chats de navires. Ils parcouraient le monde entier avec leur maître et dormaient dans de petits hamacs tissés spécialement pour eux. Ils évoquent aussi la fière armée des siamois, chasseurs de rats, qui patrouillent avec vigilance dans le port du Havre.

En rêvant un peu, les fermiers imaginent les chats gardiens du palais qu'avait connus le Siam. Ces félins dont les pattes délicates effleurent à peine les dalles humides des patios, mais qui, par leurs doigts garnis de coussinets rembourrés, ont poli et lustré les mosaïques sur lesquelles ils ont circulé des siècles durant.

Émerveillés, les deux bonnes gens apprennent aussi en quelle manière une croche est venue au bout de la queue de ces siamois illustres et dont a hérité leur descendance. Chaque princesse au bain, avant de se laisser glisser dans le lac du palais, passait ses bagues sur la queue de son chat servant. Si zélés étaient ces laquais qu'ils recourbaient la dernière articulation de leur queue pour faire meilleure garde. C'est ainsi, le temps aidant, que les queues fidèles furent crochues à jamais... et pareillement celles de leurs enfants, puis des enfants de leurs enfants...

C'en est un, justement, qui est là mollement couché, son flanc royal reposant sur le moins mauvais paillasson de la chaumière. La queue illustre ondule avec nonchalance et chaque membre de la famille Nurmi la fait passer entre ses doigts pour en vérifier avec admiration l'extrémité crochue. La petite Helvi présente maintenant au chat un bol de lait qu'il veut bien boire, avec une condescendance royale, avant de monter l'échelle pour aller se coucher.

Cette nuit-là encore, le chat dort en boule dans les bras d'Helvi. Le lendemain il continue à suivre partout les parents de la petite fille absente. Il accompagne la mère en forêt pour la cueillette des derniers champignons, le père et son cheval de labour à travers les champs où il attend, perché sur la pointe d'une souche fraîchement arrachée. Toujours le chat épie avec soin chacun de leurs mouvements. Il regarde, à la porte de l'étable, le fermier raccommoder un harnais et huiler ses pièges. Avant qu'Helvi soit de retour, il l'attend déjà. C'est une énigme vivante qui rompt la monotonie de la journée.

Au milieu de cette troisième nuit que le siamois passe couché dos à dos avec la petite fille, tout à coup il s'agite, secoue la tête dans tous les sens, se griffe les oreilles en miaulant. Aussi brusquement il saute hors du lit puis se met à ronronner. Maintenant il vient poser la tête dans la main qu'Helvi lui a tendue. La petite fille s'aperçoit que le poil est tout mouillé sous les oreilles. Elle voit leurs noirs triangles pointus se profiler sur le petit carré de la fenêtre éclairé par les étoiles, elle voit aussi qu'elles tremblent et frissonnent à chaque petit bruit de la nuit. Tout heureuse que son chat entende à nouveau, elle se rendort bien vite.

Au petit matin, réveillée à nouveau, Helvi observe le siamois qui s'est placé près de la fenêtre ouverte. Il regarde manifestement au-delà des champs pâles vers les arbres noirs de la forêt. Sa longue queue sinueuse bat la mesure. On dirait qu'il évalue la distance qui sépare la fenêtre du sol.

Mue par une impulsion qu'elle ne peut contrôler, la petite fille tend la main vers son siamois au moment où il saute dans le vide. Elle se précipite à la fenêtre et l'appelle. Il court déjà, mais, pour la première fois, le chat se retourne au son de sa voix, s'arrête un instant : ses yeux scintillent au clair de lune comme des rubis. Helvi comprend qu'il n'a plus besoin d'elle. À travers ses larmes, elle le voit glisser comme un fantôme vers la rivière qui l'a apporté. Bientôt ce n'est plus qu'une silhouette basse qui file rapidement en même temps qu'elle s'efface dans la nuit.

## CHAPITRE VII

Nos deux chiens sont désolés de continuer leur voyage sans le chat. Bodger est le plus triste. Tao fut pour lui depuis des années un compagnon de tous les instants. Il se remémore ce jour lointain où un petit chaton avec des chaussettes noires, et un corps presque blanc, était entré dans la famille Hunter. Cette miniature n'avait pas cédé un pouce de terrain au bull furieux et jaloux (à lui-même donc, ennemi juré des chats et terreur des populations félines), quand il s'était avancé vers le minuscule personnage avec l'intention bien arrêtée de livrer bataille. Mais pour la première et dernière fois de sa vie, c'est lui, Bodger, qui capitulait. Depuis ce jour-là, ils étaient devenus inséparables !

Si étonnant que cela puisse paraître, ce chaton n'aimait pas la gent féline, si bien qu'à eux deux ils faisaient la paire pour livrer des batailles continuelles. Lorsqu'ils opéraient une sortie ensemble, le voisinage se vidait comme par enchantement de tous ses chats et même ses chiens. Avec les années, ils s'étaient adoucis l'un et l'autre et étaient devenus plus tolérants. Ils exigeaient seulement l'hommage respectueux dû à des conquérants. Plus tard, ils avaient accueilli le jeune labrador, mais, malgré l'affection qu'ils lui portaient, le sentiment qu'ils avaient l'un pour l'autre était tout à fait spécial.

Maintenant, nos deux compères chiens en sont réduits à leurs seules ressources. Luath va faire de son mieux pour initier le vieux terrier à l'art de la chasse à la grenouille et au mulot, mais sa vue est bien basse pour ce genre de sport. Cependant la chance ne tarde pas à leur sourire. En effet, ils surprennent une loutre occupée à dépecer un porc-épic. Le timide animal disparaît rapidement à leur approche, en abandonnant sa proie toute dépouillée. C'est un fameux festin, de chair bonne et tendre.

À quelque temps de là, Luath attrape un butor, qui s'est laissé bloquer au bord d'un lac. Il est resté sur place hypnotisé, son long cou surmonté d'une tête mince ne faisant qu'un avec le corps élancé. Seul clignote son œil où se lit l'angoisse. Le chien bondit, l'oiseau part mais trop tard, car son vol est lourd et maladroit et ses pattes traînantes. Pour le coup, c'est un autre festin de chair fibreuse au fumet de poisson, mais nos amis avalent tout, sans même mâcher, ne laissant que bec et pattes sur le terrain.

Le jour suivant, ils passent près d'une petite ferme. Malgré sa méfiance des hommes, notre Luath affamé traverse un champ à découvert en vue de la ferme et s'empare d'un poulet qui était là à picorer tranquillement avec d'autres. Les deux chapardeurs sont encore vautrés sur un tas sanglant de plumes éparpillées lorsqu'ils entendent un cri de colère et voient venir, à l'autre bout du champ, un homme précédé d'un colley noir qui galope sur eux en montrant les dents.

Luath attend déjà l'attaque. À quelques mètres, le colley s'est tapi, babines retroussées ; soudain il bondit au poitrail du labrador, son point vulnérable. Mauvais lutteur, le jeune chien l'est, car il manque à la fois d'instinct et de conformation. Être lourd et fort ne suffit pas. Ses ancêtres, comme lui-même, ont toujours été dressés pour rapporter du gibier. La structure de leur mâchoire leur donne la dent douce, ce qui ne laisse pas d'être désavantageux ! Heureusement, sa peau épaisse protège efficacement le thorax contre les dents pointues du chien de berger.

Très vite, il perd des points ; son jeûne prolongé a miné son endurance. Le colley le fait culbuter sur le dos et le tient sous lui. On ne donnerait plus cher de sa peau quand le vieux Bodger se met de la partie. Spectateur intéressé, il n'a jusque-là pris qu'un intérêt professionnel à cette bataille. À présent, de la joie allume son regard. D'abord il ramasse sur lui-même son corps trapu et noueux, et calcule ensuite son bond avec une maîtrise née d'une longue pratique. C'est un véritable projectile d'acier qui saute et s'accroche au cou du colley. Sous le choc, le chien a volé comme une plume. Le bull ravi resserre l'étreinte de sa mâchoire sur le cou et commence à secouer la tête. Du coin de l'œil, il remarque que le labrador s'est relevé. Faisant un terrible effort, le colley parvient quand même à se dégager, car les dents du vieux terrier sont émoussées. À peine Bodger touche-t-il terre qu'il bondit à nouveau. Il se bat comme au temps de sa première jeunesse et plaque encore le colley à terre. Cette fois la prise est plus serrée. Il secoue sa tête puissante, jusqu'à ce que le chien étouffe et s'étrangle. Avec effort, le colley parvient à se redresser, la sangsue blanche agrippée à lui. Finalement, le terrier lâche prise et s'en va, tournant le dos à son adversaire avec arrogance. Ses yeux, dans sa face plate, ont encore un regard si sournois qu'on dirait celui d'un serpent.

Le colley tremblant, ensanglanté, n'a jamais essuyé d'attaques aussi vicieuses.

Pour le labrador, la victoire est acquise, il faut partir, mais Bodger s'amuse et toise le berger. Il se souvient, à propos, d'une vieille tactique particulière à ceux de sa race, qu'on garde dans sa manche, si l'on peut dire, pour une ultime punition ; cela consiste à tourner en rond, ainsi qu'il le fait en ce moment, de plus en plus vite, comme s'il voulait se mordre la queue. À la façon d'un derviche tourneur, il se rapproche du colley stupéfait, bien obligé de tourner à son tour, ne sachant d'où va partir l'attaque.

Terrifié par cet assaut inédit, meurtri et mal en point, le chien de berger rompt entre deux tourniquets et s'enfuit queue basse vers son maître qui le reçoit avec une taloche sur la tête.

Le fermier, qui n'en croit pas ses yeux, voit les deux larrons s'enfuir à travers champs. Le jeune labrador s'en tire avec une oreille déchirée et plusieurs morsures profondes aux pattes antérieures, par contre le vieux guerrier est pimpant et intact. Arrivé devant le tas de plumes de sa volaille sacrifiée, le bonhomme est pris d'une rage subite et lance le bâton qu'il tenait à la main vers la silhouette blanche du terrier. Tant de projectiles lui ont déjà été lancés après tant de combats d'une longue carrière que le bull esquive d'instinct et poursuit son chemin sans plus se hâter tout en dandinant sa croupe ronde avec insolence.

Cette bataille contribue beaucoup à rétablir le moral du vieux chien. Le soir même, il attrape un mulot pour son souper en le lançant en l'air d'un coup de patte de professionnel, digne en tout cas de celui de cet ancêtre qui avait occis soixante rats en soixante minutes, un siècle auparavant.

En dépit de ses blessures, Luath semble plus heureux lui aussi. Peut-être le vent d'ouest qui souffle ce soir-là lui apporte-t-il des effluves connus, et le persuade-t-il que chaque jour, chaque heure, le rapproche de son but. Peut-être le pays où il se trouve maintenant est-il moins rude, plus civilisé, semblable au pays où il a été élevé. Peut-être est-ce tout simplement la bonne humeur de Bodger qui déteint. Toujours est-il que le voilà plus à l'aise et moins fatigué qu'au début du voyage.

Les deux chiens s'abritent cette nuit-là dans l'excavation sèche et peu profonde d'une mine de molybdène abandonnée, creusée au sommet d'une colline. Non loin de l'endroit où ils sont couchés se trouve une grande dalle de pierre sur laquelle sont restées accrochées des desquamations translucides de serpents qui ont mué ; ces peaux de fantômes ondulent et chuchotent à la faveur du moindre souffle, comme si elles avaient retrouvé leurs propriétaires.

Lorsque l'aube blanchit, Luath s'assied lestement car il entend trottiner parmi les feuilles mortes et les brindilles. L'odeur est connue. Bientôt apparaît, se dandinant, un gros porc-épic qui rentre chez lui après son expédition nocturne. Alléché par le souvenir du délicieux repas que la loutre leur a procuré bien involontairement, il bondit sur le porc-épic, avec l'intention de le retourner, puis de le tuer comme il l'a vu faire. Malheureusement, il n'avait pas eu l'occasion d'observer le travail patient du mustélidé pêcheur, ses tracasseries impitoyables et ses ruses destinées à l'obliger à incruster la plupart de ses piquants dans un tronc d'arbre abattu, puis le coup adroit et rapide à la base de l'épaule, tandis que le malheureux porc-épic protégeait sous le tronc son nez tendre et sa poitrine vulnérable.

Conscient du danger, notre porc-épic en question se retourne net au moment où le chien bondit ; sa volte-face est d'une rapidité incroyable pour un animal apparemment si maladroit. Dans le même mouvement il fouette la gueule du labrador de sa terrible queue.

Le chien pousse un cri en même temps qu'il saute en arrière sous cette décharge inattendue, tandis que le porc-épic outragé s'éloigne en trottinant.

Luath a eu de la chance que le coup de queue ait dévié : les piquants n'ont atteint qu'un côté de la joue, manquant l'œil de peu. Mais les terribles harpons acérés de six ou sept centimètres de long se sont profondément incrustés.

Réduit à lui-même, le chien ne peut pas ôter ces piques flexibles ; il ne réussit au contraire qu'à les enfoncer plus avant. Après les avoir brisées à ras à l'aide de ses pattes, il ne peut qu'en gratter les alvéoles jusqu'au sang, frotter sa tête et sa joue sur le sol et contre le tronc des arbres.

Plus ces barbes cruelles s'enfoncent, plus la douleur qu'elles occasionnent s'étend à la face et aux mâchoires.

Après avoir été à moitié enragé, le malheureux labrador finit par se calmer et cesse ses inutiles tentatives pour se débarrasser des maudits piquants.

Avec son ami, il se remet en route. Est-il besoin de dire que maintenant, chaque fois qu'il s'arrêtera, il ne cessera de secouer la tête, de se gratter éperdument pour chercher à apaiser une douleur qui n'en finit pas ?

## CHAPITRE VIII

Livré à lui-même, le chat est un voyageur rapide et efficace. Il n'a eu aucune difficulté à retrouver la piste des chiens à l'endroit où ils ont quitté la rivière pour marcher vers l'ouest. Il n'y a que la pluie détestable pour le retarder. Pendant les averses, il s'abrite et son aspect est pitoyable. Il reste là, oreilles aplaties, le regard maussade, attendant que la dernière goutte soit tombée pour se hasarder à nouveau.

C'est alors avec un dégoût extrême qu'il se fraye un chemin dans l'herbe humide et les broussailles, prenant tout son temps, s'arrêtant pour se secouer les pattes.

Il passe sans laisser de trace ; les brindilles s'écartent légèrement puis se referment sur lui. On entend parfois un léger bruissement de feuilles sèches, mais c'est tout. En l'absence de ses bruyants amis, il voit sans être vu. Les animaux de la forêt ignorent son guet silencieux lorsqu'il est embusqué dans un fourré ou perché sur un arbre. Il s'approche sans peine, jusqu'à le toucher, du cerf qui boit à l'aube au bord d'un lac. Au cœur des taillis, il tombe sur le nez pointu et curieux, surmonté d'yeux brillants, d'un renard. Devant lui coulent les corps sinueux de la martre et du vison au museau cruel. En levant la tête, il voit s'encadrer dans les hautes branches du bouleau la tête de l'écureuil dont la queue est un magnifique jaillissement qui le suit dans son ascension rapide vers les cimes. Alors qu'il se repose, calé entre les fourches d'une branche, il peut toiser avec dédain le loup gris efflanqué qui trotte sur le sentier. Il n'est pas une bête des bois qui ose le regarder en face, tous préfèrent lui tourner le dos, sauf le castor qui, lui, poursuit ses travaux sans souci du voisin.

Un instinct ancestral le pousse à ne laisser aucune trace de son passage ; les restes de la proie si rapidement tuée sont enterrés et le sol soigneusement égalisé. Il agit de même pour ses excréments. Quand il dort, et c'est toujours d'un œil, il fait un somme rapide, caché dans le haut d'un arbre encore feuillu, ou d'un sapin. En toute circonstance, il s'avère fin matois plein de ressources, mais aussi de bravoure.

Au second jour de son voyage, tôt le matin, le voilà qui, pour étancher sa soif, s'approche des rives d'un lac bordé de roseaux. Le hasard veut que ce soit à courte distance d'une cache rustique, poste de tir camouflé, où deux chasseurs attendent, le fusil au poing, la volée des canards ; à côté d'eux veille aussi un puissant chesapeake [1]. Devant eux, une flottille d'appelants danse sur les vaguelettes avec réalisme. Mal à l'aise, le chien tourne la tête en geignant doucement au passage silencieux du chat. Un des chasseurs le fait taire, alors il se couche, mais reste aux aguets, les oreilles dressées.

Tapi dans les roseaux, le chat observe un moment. Ensuite, il se faufile silencieusement vers le lac, mais il va la queue haute, son bout noir bien visible au-dessus des herbes. Le chien en est tout frémissant. Un chasseur aperçoit le chat quand il arrive sur la berge. Après avoir braqué ses jumelles, il appelle : « Viens, petit chat, ici, ici, minet, minet ! » Le siamois l'ignore totalement. Sa langue rose et souple effleure l'eau claire comme pour en apprécier la saveur et lentement, avec prudence, il se met à boire. Ce sont deux

---

1. Chesapeake : très grand et puissant chien retriever, croisement de terre-neuve, d'irish water spaniel et de curly-coated. *(N.d.T.)*

chasseurs sceptiques et amusés qui l'appellent maintenant. Après boire, il lève la tête et regarde les deux silhouettes qui se détachent sur le ciel. Il les entend parler avec animation. En comédienné, il secoue une goutte d'eau de ses pattes, tourne le dos à l'étang et disparaît. Un éclat de rire salue le départ de cet animal insolent qui, de son côté, poursuit son chemin, très satisfait de lui-même.

Il va dans le brouillard matinal, sur la voie des chiens, de ses deux amis. La peau d'un lapin à demi déchiquetée et quelques autres traces lui indiquent où ils ont passé la nuit. Plus loin, la piste quitte le sentier, les chiens ont coupé en pleine nature à travers une forêt de sapins épais et de cèdres. Tour à tour, le sol est sec et jonché d'aiguilles de pin, ou humide et spongieux. L'endroit est sinistre et Tao, mal à l'aise, regarde souvent derrière lui comme s'il craignait d'être suivi. Plusieurs fois de suite, il grimpe sur un arbre et, couché sur une branche, observe les alentours. Mais quel que soit l'ennemi redouté, si ennemi il y a, il doit s'agir d'une bête bien rusée elle aussi, car il n'a pas pu encore l'apercevoir.

Notre ami devine par toutes les fibres de son être qu'il est suivi, et par quelque chose de dangereux. Il allonge le trot et c'est avec soulagement qu'il voit les taillis devenir moins épais. Plus loin, les morceaux de ciel bleu qui percent à travers les frondaisons annoncent une région encore plus découverte. Au milieu de la coulée de cerfs sur laquelle il chemine, un vieil arbre lui coupe le passage. Au moment où il saute sur le tronc, tous ses poils se hérissent. Il a deviné (plutôt qu'il n'a vu) l'animal qui le suit et qui n'est pas loin.

En un clin d'œil, il est collé, griffes bien cramponnées, au tronc d'un bouleau. En vue maintenant s'approche à pas feutrés un animal semblable à un gros chat. Semblable certes, mais aussi différent du chat domestique que le siamois. Il est en réalité deux fois plus grand, gros et lourd qu'un chat normal. Sa queue n'est pas très longue et ses pattes épaisses sont largement ourlées de fourrure. Son pelage gris clair est parsemé de quelques taches foncées. Seule différence nette avec le chat ordinaire : la tête qui est encadrée d'une collerette hirsute et les oreilles surmontées d'une houppe de poils. C'est un lynx, dont l'aspect sauvage et le faciès cruel indiquent le tueur-né. Bien entendu, c'est une bête fauve plus puissante et plus rapide que le siamois.

Ce dernier escalade en vitesse le petit bouleau et se perche dans les hautes branches. L'arbre très grêle vacille sous le poids du chat. S'arrêtant au milieu de la coulée, le lynx observe sa victime de ses fameux yeux étincelants. Le siamois, oreilles couchées, crache et feule avec défi. Il a déjà calculé toutes les distances pour se sauver *in extremis*. Un bond léger et voilà le lynx sur le tronc abattu. Pendant un moment interminable, les deux adversaires se mesurent, les yeux dans les yeux. Fouettant l'air de sa queue, le siamois siffle sourdement. Le lynx saute sur le bouleau et ses longues griffes labourent le tronc tandis qu'il grimpe vers le chat qui s'efforce de se hisser plus encore. Mais l'arbre léger se courbe sous le poids du lynx au fur et à mesure qu'il avance. Battant en retraite, le chat lâche prise et tombe. L'arbre est à ce moment si courbé qu'il n'a pas à sauter de haut. Simultanément, on entend un bruit sourd. Le bouleau délesté du chat s'est brusquement redressé et le lynx déséquilibré vient de tomber lourdement. Profitant de la fraction de seconde où il demeure à terre, le chat se sauve, vif comme l'éclair.

Presque tout de suite, l'autre lui souffle au poil. Inutile de faire face pour combattre. Un lynx n'est pas un ours stupide qu'on peut intimider, c'est un félin sans scrupule, de son espèce. Comme la fuite en rase campagne est sans espoir, le chat escalade vivement un autre baliveau malheureusement très frêle et peu haut comme ils le sont tous à cet endroit. Cette fois, le lynx rusé ne grimpe qu'à mi-hauteur puis se balance pour secouer le jeune arbre et faire tomber le chat. La situation est désespérée. Tao attend que la cime du bouleau soit au point le plus bas, pour se ramasser sur lui-même et sauter dans le vide. Presque aussi leste, le lynx manque notre ami de l'épaisseur d'un cheveu. Le chat fait un écart brusque, un demi-tour, et entre comme une balle dans un terrier de lapin qui s'ouvre miraculeusement dans le talus devant lui. Très proches, les terribles griffes battent dans le vide. Le chat s'enfonce dans le terrier aussi loin qu'il peut aller et se tapit, bien incapable de faire face à l'agresseur. Le terrier est très étroit. Le lynx couché devant le trou explore le tunnel de la patte. Heureusement Tao est hors d'atteinte. Maintenant le lynx, tête au ras du sol, regarde dans le terrier ; il reçoit dans les yeux, le nez et la gueule une bonne giclée de sable projeté par les pattes arrière du chat qui travaillent comme des bielles !

Le lynx est obligé de renoncer momentanément. S'ensuit un silence complet ; et tandis que tout est si calme, le pauvre chat pris au piège entend son cœur battre à grands coups. Le lynx commence à agrandir avec méthode l'entrée du terrier en grattant la terre. Absorbé par cette tâche, il n'entend ni ne sent un troisième larron. C'est un jeune garçon vêtu de la veste classique rouge vif du chasseur et d'une casquette du même ton. Il porte une carabine dans la saignée du bras gauche et marche vers la clairière à bon vent. Il va doucement, non qu'il ait déjà vu le lynx, mais parce qu'il regarde la voie du cerf. Son père avance parallèlement sur son flanc et ils échangent des signaux convenus. C'est la première fois que le garçon est admis sur le terrain avec son propre fusil.

Tout à coup, il voit le lynx furieux en train de gratter en grondant et qui, de temps en temps, est arrosé d'un jet de sable. Le félin à son tour aperçoit brusquement le chasseur. Aplati à ras de terre, il fait face en montrant les crocs. Dans ses yeux, aucune peur, seulement une haine farouche.

Rapide comme l'éclair, il bondit sans qu'on sache si c'est pour charger ou fuir ; aussi vite, le jeune chasseur épaule, tire et le lynx fait la culbute. Il gît : un son rauque s'échappe de sa gorge, ses pattes sont animées de mouvements convulsifs. Un dernier spasme nerveux court sous sa fourrure, et il est mort. Encore ému par le dernier regard du félin et l'aspect sauvage et redoutable de sa gueule aux babines retroussées, le jeune homme tremble légèrement en s'approchant de sa victime. Il la contemple sans oser y toucher lorsque son père arrive en courant, assez inquiet. Il voit alors le cadavre à la fourrure fauve couché sur les aiguilles de pin et la pâleur du visage de son fils. Il retourne l'animal, découvre l'impact, la blessure mortelle.

— Juste sous le sternum, dit-il en souriant à son fils toujours un peu gêné.

Après avoir rechargé la carabine et marqué la place du cadavre par un foulard rouge noué à une branche, les deux chasseurs s'éloignent maintenant, toujours sur la coulée du cerf. Dès que le son de leurs voix se perd dans le lointain, maître chat à reculons émerge de son terrier et apparaît dans la lumière crue de la clairière ensoleillée. Il est couvert de terre. Pour passer, il doit contourner le cadavre de son adversaire et, feignant de l'ignorer totalement, va s'asseoir à quelque dix pas de là. Il procède à une toilette soignée de toute sa fourrure depuis la pointe de la queue jusqu'au bout du nez. Ensuite, il s'étire longuement, magnifique, et, tournant le dos au lynx, lui adresse une dernière giclée de poussière. Maintenant, aussi impassible et d'un pied plus assuré que jamais, il poursuit son chemin.

Deux jours plus tard, il rattrape ses deux amis les chiens. Ils viennent de franchir un petit cours d'eau aux rives plantées d'aulnes, qui serpente au fond d'un vallon. D'un versant de la colline, Tao a aperçu sur l'autre pente les deux silhouettes familières, l'une blanche, l'autre noire. La queue frétillante, il ouvre la gueule et pousse un miaulement plaintif mais impérieux. Les deux chiens s'arrêtent net à l'écoute de ce cri incroyable.

Perché sur un rocher, le chat continue à miauler. Luath se met alors à aboyer avec frénésie et dévale la pente, suivi de près par le vieux Bodger. Le chat de son côté saute maintenant comme un diable vers le fond du vallon et les trois animaux se retrouvent sur les bords du petit ruisseau.

Le vieux terrier est fou d'excitation, il lèche le chat à grands coups de langue, le culbute d'un museau impatient. Emporté par son enthousiasme, il décrit au triple galop ses fameux ronds si compliqués pour se précipiter vers le chat qui escalade lestement le tronc d'un arbre, se met en boule et se laisse tomber sur le dos de Bodger.

L'autre chien regarde la scène de ses yeux bruns si expressifs. Il remue la queue avec joie. Son tour vient enfin, quand le vieux clown s'écroule, pantelant.

Alors le labrador se dirige vers le chat qui lui pose ses pattes noires sur le cou, examine son oreille déchirée. On ne saurait trouver ce soir-là trois compagnons plus satisfaits. Ils demeurent blottis tous trois ensemble dans une sorte de niche remplie d'aiguilles de pin parfumées cachée sous un grand arbre, près des berges du ruisseau.

Le vieux chien a retrouvé son ami adoré. Il est là tout chaud et ronronnant avec béatitude entre ses pattes. Luath a récupéré son protégé, il peut donc poursuivre son chemin d'un cœur plus léger.

## CHAPITRE IX

Après un périple de plus de trois cents kilomètres, notre trio est toujours entier, mais des trois animaux, le chat seul n'a pas vraiment souffert. Le vieux Bodger marche lourdement, mais le cœur y est et il ne se plaint pas. Par contre, le labrador est en bien mauvais état. Son poil jadis lisse et lustré semble hirsute et piquant. L'enflure grotesque de toute sa gueule fait apparaître plus maigre encore sa silhouette efflanquée. L'infection très douloureuse de sa mâchoire l'empêche d'ouvrir la gueule au point qu'il meurt pratiquement de faim. Maintenant, ses deux compagnons le laissent s'approcher le premier de tout animal fraîchement tué et encore saignant. Ainsi vit-il uniquement des quelques gouttes de sang frais qu'il peut lécher.

Tous les jours, ponctuellement, c'est la même routine : les deux chiens trottent côte à côte sans relâche, indifférents et décidés, comme deux fils de famille en excursion. Un matin, un forestier qui, après avoir marqué du bois, revenait à sa jeep par une route désaffectée, eut l'occasion de les voir au centre même de la chaîne montagneuse Ironmouth. Ils disparurent à un tournant dans le lointain sans qu'il leur prêtât autrement attention. En y repensant dans l'après-midi, il réalisa avec surprise le manque évident d'habitation humaine à cinquante kilomètres à la ronde.

Le chef forestier auquel il signala cette rencontre éclata de rire, et lui demanda s'il n'avait pas vu aussi des elfes bondir autour des champignons. Mais le moment approche où la disparition des animaux sera découverte et tout témoignage aura alors une valeur. Une semaine plus tard, ce sera au forestier de rire, quand il pourra prouver qu'il n'a pas eu la berlue.

Au lac du Héron, John Longridge et son frère font des projets pour un voyage ultérieur. En Angleterre, les Hunter bouclent leurs bagages en vue du retour. M$^{me}$ Oakes nettoie et encaustique la vieille maison pendant que son mari empile le bois à la cave. Quand tout ce petit monde sera revenu à son point de départ, que chacun aura repris sa place exacte comme les morceaux d'un puzzle, il va bien falloir qu'on découvre qu'il manque trois pièces.

Inconscientes du tourment dont leur absence peut être la cause, nos trois pièces poursuivent leur route. La campagne devient moins sauvage et, de temps à autre, ils tombent sur de petits hameaux isolés. Luath les évite et garde le couvert des bois ou du taillis chaque fois que possible. Bodger, avec sa foi aveugle dans l'altruisme et la bonté des êtres humains, en est fort dépité. Puisque le labrador est le chef, il faut bien s'éloigner de toute volute de fumée sortant d'une cheminée.

Un soir, le trio est suivi pendant plusieurs kilomètres par un loup solitaire. Il est probable que ce fauve s'intéresse au chat, car si affamé qu'il puisse être, jamais il n'aurait l'audace d'affronter les deux chiens. D'instinct, Luath déteste et redoute le loup. Il est nerveux quand il entrevoit l'inquiétante silhouette qui disparaît dans les broussailles chaque fois qu'il se retourne pour grogner.

Comme il ne peut se défaire du loup qui colle à lui comme une ombre maléfique, il choisit, à l'heure où le soleil baisse, le moindre mal. Sortant des taillis, il emprunte une route de campagne bien calme au long de laquelle de petites fermes s'échelonnent à grands intervalles.

Il va trouver pour la nuit la protection d'une grange. Même en couchant dans le champ voisin d'une ferme, il sait pouvoir être tranquille, car le loup ne viendra pas en vue d'une habitation. Le crépuscule les surprend à l'entrée d'un petit hameau : quelques maisons groupées autour d'une école et d'une église toute blanche. Luath entreprend de le contourner ; alors le vieux terrier se rebiffe. Il est affamé comme d'habitude et la vue de la lumière dans toutes les maisons le convainc que, ce soir-là, s'il y a un moyen judicieux de recevoir de la nourriture, c'est bien de la main d'un être humain !

Ses yeux s'illuminent à cette pensée et il ignore le grondement de Luath. Sans paraître y faire attention, il trottine vers les maisons le long de la route défendue. Sa croupe se balance avec arrogance, ses oreilles le coiffent bas en signe d'indifférence. Le labrador n'insiste pas, car toute sa gueule l'élance violemment. La douleur provoquée par les piquants est telle qu'il lui faut se gratter tant qu'il peut, frotter sa joue brûlante contre le sol. Le rebelle dépasse les premières maisons si accueillantes à son âme éprise de confort. Des fumées s'élèvent dans l'air calme du soir. L'odeur et les bruits rassurants des humains sont partout. Bodger s'arrête devant une petite maison blanche. Sous la porte, il renifle avec extase un merveilleux fumet de cuisine mêlé à l'odeur du feu de bois. Se pourléchant les babines, il lève une patte hardie pour gratter à la porte puis attend en dressant les oreilles…

Un rai de lumière, qui va s'élargissant dès que la porte s'ouvre, et apparaît une petite fille. De plaisir le vieux chien fait alors une affreuse grimace et ses petits yeux clignotent à la lumière. Rien n'est aussi laid qu'une grimace de terrier, même présentée avec charme. Stupéfaction, silence, un cri : « Papa ! » et la porte lui est claquée au nez. Surpris, il gratte à nouveau, penche la tête de côté, ses grosses oreilles triangulaires dressées pour écouter les bruits de pas à l'intérieur. Cette fois, un visage apparaît à la fenêtre. Bodger aboie un rappel poli. À nouveau, la porte est ouverte, mais brutalement, et par un homme avec un seau d'eau. Sans avoir eu le temps de réagir, le terrier est douché et menacé d'un balai.

— Va-t'en, va-t'en d'ici ! crie l'homme, tandis que le chien file, la queue entre les pattes, trempé et misérable, rejoindre ses amis.

Il n'a pas eu peur, mais il est profondément vexé. Jamais encore au cours de sa longue vie un homme n'a ainsi réagi à ses avances. Il sait quand il a mérité d'être grondé, quand il fait rire ou qu'il commence à lasser la patience, mais être traité de but en blanc avec cette grossièreté, ça, c'est un peu fort ! Trempé et déçu donc, il se range humblement derrière le chef.

À trois kilomètres de là, les trois bêtes enfilent une route charretière sinueuse qui va vers une ferme. Ils traversent des champs déjà dans l'ombre et font peur, au passage, à un vieux cheval blanc et à quelques vaches. Ils sont attirés par les communs situés près de la ferme. Un fin panache gris monte d'une cheminée. On fait fumer en cet endroit des jambons sur un feu d'hickory. Une douce chaleur règne autour de la cheminée où ils s'installent pour dormir.

Le pauvre Luath passe une nuit agitée. Il se gratte frénétiquement. Ses plaies se sont enflammées, provoquant des ganglions. L'infection lui donne la fièvre, il est assoiffé. Dans l'obscurité, il va boire plusieurs fois à un petit étang voisin et se baigner dans l'eau fraîche.

Quand Bodger se réveille tout frissonnant, il est seul. À quelque distance, Tao, ventre à terre et la queue frétillante, chasse son petit déjeuner. Dans l'air matinal flotte une odeur insidieuse de fumée et de cuisine. C'est un appel irrésistible.

Le brouillard monte de la vallée et un pâle soleil blanchit le ciel quand Bodger franchit un rideau de grands pins de Norvège et s'assied à la porte de la ferme. Sa mémoire est courte. Déjà les hommes sont remontés sur leur piédestal, cornes d'abondance à la main, débordantes de bonnes choses pour les chiens ! Il commence à pleurnicher. À un gémissement un peu plus fort, quelques chats évacuent la grange voisine et le regardent sans douceur. En d'autres lieux et circonstances, il les eût obligés à une fuite rapide. Mais il a plus urgent à faire, aussi feint-il de les ignorer !

La porte s'entrouvre, en même temps qu'une merveilleuse odeur de lard et d'œufs se répand. Notre terrier met en ligne l'artillerie lourde de son charme, rabat les oreilles et fronce le nez pour amorcer son désastreux sourire. Le silence est rompu par une voix masculine amusée.

— Eh bien ! dit le propriétaire de la voix en examinant son étrange visiteur en train de rouler des yeux blancs.

À cet appel, une chaude et agréable voix de femme fait écho. La queue remue de plus belle. Sur le seuil, la maîtresse du logis regarde avec étonnement la tête de gargouille blanche. Quand il la voit sourire, ce maître flatteur de Bodger offre une patte polie. Sans pouvoir s'empêcher de rire, la femme invite le chien à entrer dans la maison, ce qu'il fait incontinent en lorgnant vers le fourneau avec confiance.

À des kilomètres à la ronde, le vieux bull n'aurait pu trouver gens plus aimables ni maison plus accueillante. Le ménage est âgé. James Mackenzie et sa femme Nell vivent seuls maintenant dans cette grande ferme où ils ont élevé une nombreuse famille. Voilà des gens qui aiment les bêtes. Leurs huit enfants ne cessaient pas de rapporter à la maison toutes sortes d'animaux en détresse qu'il fallait secourir. Le bon cœur de Nell Mackenzie s'est depuis toujours laissé attendrir par les corniauds incompris, les chatons orphelins, les petites loutres abandonnées et autres épaves animales, aussi offre-t-elle à son visiteur un bol de bons morceaux dont il ne fait qu'une bouchée, pour quémander encore après.

— Eh quoi ! il meurt de faim ! s'exclame-t-elle en lui donnant son propre petit déjeuner.

Il faut qu'elle dorlote comme autrefois, quand un enfant rapportait un pauvre abandonné à demi mort de faim. L'assiette est vidée presque avant d'atteindre le sol. Sans un mot, Mackenzie passe son assiette à son tour, puis c'est un toast, puis une écuelle de lait ! Ventre gonflé, bienheureux, le vieux Bodger s'étend sur un paillasson à la chaleur du foyer, tandis que Nell prépare un nouveau repas.

— Qu'est-ce que c'est ? demande-t-elle. On dirait un chien qu'on a fait entrer dans une peau qui n'est pas la sienne. En tout cas, il n'y a pas animal plus domestique et civilisé.

— C'est un bull-terrier, dit son mari, et un beau ; un vieux boxer comme je les aime. Prêt à combattre malgré ses dix ou onze ans.

Comme s'il comprenait ce respect et cette admiration, un langage si doux à son cœur, Bodger approuve de la queue, se lève et fourre sa tête osseuse sur le genou de son hôte. Mackenzie le regarde et le caresse avec affection.

— Vif comme le diable et aussi irrésistible ! Mais qu'allons-nous faire de toi ?

En passant la main sur l'épaule du chien, Nell sent les cicatrices et les examine, perplexe.

— Ces balafres ne proviennent pas d'un combat de chiens. Ce sont des marques de griffes, comme les ours en laissent sur le bois tendre, mais en plus petit.

Ils regardent le chien couché à leurs pieds, en cherchant l'explication de ces sinistres blessures. Pour la première fois, ils lisent de la tristesse au fond des petits yeux spirituels et remarquent le cou trop mince par rapport au ventre qui vient de se distendre ; que l'infatigable fouet qui frappe joyeusement le plancher est vieux, déchiqueté et même cassé. Ce chien n'est pas un aventurier hardi et agressif, ce n'est qu'un bull fatigué, avide de nourriture et d'affection. Sans l'ombre d'un doute, ils vont le garder, s'il veut bien rester.

Ne trouvant aucun tatouage d'identité sous le pelage blanc ni sur les oreilles roses, le fermier décide qu'en allant le jour même à Deepwater chercher une nouvelle baratte, il avertira la police de la province et mettra peut-être une annonce dans le journal local. Et ma foi, si cela ne donnait rien…

— Alors, je crois que nous resterons ensemble pour de bon, ajoute-t-il joyeusement en massant d'un pied expérimenté son auditeur ravi.

Au matin, Mackenzie a vu une bande de cols-verts voler en direction du petit lac alimenté par le ruisseau qui coule devant la ferme. Il n'est pas trop tard pour aller voir s'ils s'y sont arrêtés. Mettant une poignée de cartouches dans sa poche, il décroche son vieux fusil à pompe et part, laissant Nell vaquer aux travaux ménagers en compagnie de son hôte. À mi-chemin, il charge son fusil et se dirige vers le couvert des aulnes bordant le petit lac. À travers les branches, il aperçoit six canards posés à peu près au milieu, hors de portée. À moins de pouvoir les faire lever par quelqu'un venant de l'autre côté, il est impossible de les tirer même en attendant toute la journée.

Au moment où il va s'éloigner, il voit un remous dans les roseaux en face. Les canards cancanent en signe d'alarme et s'envolent en bloc. Par deux fois, il fait feu : un oiseau tombe sur l'eau comme un plomb, un autre fait un atterrissage forcé sur le rivage proche. En le ramassant, il pense qu'il va lui falloir prendre la barque pour aller chercher l'autre, quand, stupéfait, il aperçoit une grosse tête de chien qui nage vers le gibier.

Le bruit du coup de feu et celui de la chute du canard sur l'eau ont eu sur le labrador le même effet que le son d'une trompette sur un vieux cheval de bataille. Sans hésitation, il a plongé pour rapporter. Au moment d'attraper le gibier, il s'aperçoit qu'il ne peut pas ouvrir assez la gueule pour le saisir convenablement. Il est obligé de le remorquer en le traînant par le bout de l'aile. Il sort de l'eau à quelques mètres de l'homme qu'il regarde avec méfiance. De son côté, Mackenzie le détaille, bouche bée. Ils restent quelques instants immobiles tous les deux mais le fermier, rompant le silence le premier, lui dit calmement en tendant la main :

— Bon chien, c'est bien ! Apporte, apporte-le-moi.

Le chien avance avec hésitation en traînant l'oiseau.

— Donne, dit Mackenzie au chien qui hésite encore.

Le chien lâche son gibier et Mackenzie s'aperçoit avec horreur que tout un côté de son museau est enflé, lui déformant la tête de façon grotesque ! La peau est si tendue que les yeux ne sont plus que des fentes minuscules et que la babine trop courte se retrousse sur les dents. Plusieurs pointes de porc-épic, profondément incrustées dans un coussin de chair à vif, dépassent comme d'une pelote d'épingles. On voit les côtes saillir sous le poil et, quand le chien se secoue, il chancelle.

Mackenzie prend rapidement un parti ; ce chien a besoin d'un traitement urgent. Les piquants doivent être extraits avant que l'infection ne s'étende. Il ramasse les canards, caresse la tête du chien pour le rassurer puis lui commande fermement :

— Au pied !

Avec soulagement, il constate que le chien se range derrière lui sans discussion et le suit jusqu'à la ferme. En vérité, il est si faible, ce chien, qu'il n'a qu'un désir, celui de réintégrer le monde ordonné des humains, où les hommes commandent et les chiens obéissent.

En traversant les champs, cette étrange bête sur les talons, Mackenzie se souvient tout à coup de l'autre chien. Combien d'animaux mal en point amènera-t-il donc à la ferme aujourd'hui — tout à l'heure un terrier estropié, ce soir un labrador boiteux ?...

Perché sur un tas de bois, le siamois se repose en se chauffant au soleil. L'homme ne l'a pas vu, mais le chien en passant non loin le salue d'un bref mouvement de la queue et de la tête.

Il faut une heure à Mackenzie pour soigner le labrador. Il extrait les piquants avec une pince à épiler. Un dard qui a traversé jusque dans la bouche est plus délicat à extirper. Le chien ne grogne pas une fois, il gémit quand la douleur est trop forte et montre une reconnaissance touchante à la fin de son supplice en essayant de lécher les mains de l'homme. Le soulagement est merveilleux, car l'enflure diminue déjà.

Au début des soins, Bodger essaye de repousser la main de Mackenzie qui travaille. Il témoigne qu'il est fâché qu'on fasse du mal à son compagnon. Nell doit l'attirer dans une autre pièce avec un os et refermer la porte devant son museau sans méfiance. Pendant toute l'opération, il gratte à la porte avec des gémissements pitoyables. La fermière ne le laisse pas entrer avant que le labrador n'ait fini de laper un bol de lait.

Dès que la porte est ouverte, le bull en colère bondit, prêt à livrer bataille en faveur de son ami, mais il s'arrête avec une expression comique et amusée, en le voyant boire. Ils s'asseyent ensuite côte à côte près de la porte en se faisant maintes civilités. L'affection qu'ils se témoignent prouve qu'ils viennent du même foyer — un foyer bien peu méritant, comme dit Nell avec colère. Son mari lui fait remarquer que leur attitude indique qu'ils ont l'habitude d'être soignés et bien traités. Alors pourquoi vagabondaient-ils dans une région si sauvage et inhospitalière ?

Peut-être leur maître est-il mort et ont-ils fui ensemble ; peut-être ont-ils été perdus par un automobiliste traversant le pays, et ils essayent maintenant de retrouver leur chemin. Les hypothèses sont nombreuses ; ce qui est sûr, c'est qu'ils ont voyagé assez longtemps pour que des blessures se guérissent, d'autres s'infectent, assez aussi pour connaître la faim.

— Ils ont déjà pu faire cent cinquante kilomètres ou plus, dit Mackenzie. Je me demande comment ils ont vécu pendant tout ce temps.

— De la chasse, de la mendicité, du vol, peut-être, suggère sa femme qui a surpris non sans sourire, en le voyant dans la glace de la cuisine, son visiteur subtiliser un morceau de lard dans une assiette après le petit déjeuner.

— Les larcins ont dû être bien maigres, dit pensivement son mari. Le labrador est un squelette et ne serait pas allé beaucoup plus loin. Je vais les enfermer dans l'étable avant de partir pour Deepwater ; ils n'ont pas besoin de divaguer à nouveau. Mais Nell, désires-tu prendre en charge ces deux chiens ? Il peut s'écouler longtemps avant qu'on ne les réclame, si même cela arrive jamais !

— Je les garderai aussi longtemps qu'ils voudront bien rester ici. En attendant, il faut trouver autre chose pour les appeler que « Hop » ou « Bon chien ». J'y penserai quand tu seras parti. J'apporterai encore une écuelle de lait dans l'étable pendant la matinée.

De son poste d'observation ensoleillé, sur le tas de bois, le chat a vu le fermier traverser la cour et placer les deux chiens dans une étable chaude, bien entretenue, et refermer soigneusement la porte derrière lui. Peu de temps après, on entend la voiture tressauter sur les pavés du chemin de la ferme, puis tout redevient tranquille.

Quelques chats du cru, poussés par la curiosité, s'enhardissent. Ils s'approchent du tas de bois ; peut-être veulent-ils se venger de cet étranger qui a pris possession de leur poste favori. Malheureusement, l'étranger en question n'a jamais aimé les chats, même ceux de sa propre race. Il n'est donc pas question de tolérer ici les chats de la ferme.

Tout en pensant tactique et stratégie, il les surveille d'un air sournois. Deux ou trois escarmouches et la bande se disperse. Le pirate masqué de noir retourne à son repaire pour dormir.

Au milieu de la matinée, il s'éveille, s'étire et saute à terre, non sans avoir regardé avec circonspection autour de lui. Parvenu à la porte de l'étable, il miaule plaintivement et à l'intérieur, en réponse, on entend un bruissement de paille. Sans se hâter, le chat se ramasse sur lui-même pour bondir et saute sans effort sur le loquet de la porte. Il n'est pas tout à fait assez vif pour attraper la clenche : le loquet reste dans sa position. Il saute à nouveau, sûr du succès à présent. Pendant une fraction de seconde, une de ses pattes agrippe la poignée de bois qui cède sous le poids. La porte s'ouvre et le chat entre en ronronnant, accueilli bruyamment par son vieil ami. Après avoir inspecté les bols vides, il quitte l'étable, déçu ; les deux chiens le suivent dans la cour ensoleillée. Tao se dirige vers le poulailler. Il est bientôt pris à partie par une volaille furieuse dont il vient de dérober l'œuf.

Couché par terre, il ceinture l'œuf brun encore tout chaud de ses pattes adroites qui le tiennent comme un coquetier. D'un coup d'incisive il brise la coquille proprement et en dépose le contenu intact sur la paille. Après avoir dérobé des œufs pendant des années, il est normal qu'il ait porté l'art de la dégustation à un haut degré de perfection. Sans se presser, il lape délicatement le jaune. Tout compte fait, il se sert encore deux autres œufs avant de se retirer à nouveau sur son tas de bois.

À son retour, en fin d'après-midi, le fermier est fort étonné de trouver les deux chiens dormant au soleil près de l'abreuvoir. Tandis qu'il décharge sa voiture, les deux amis restent près de lui, en agitant la queue, puis le suivent dans la maison.

— Les as-tu laissés sortir de l'étable, Nell ? demande-t-il en ouvrant un paquet sur la table de la cuisine et en laissant tomber négligemment un os bien garni de viande dans la gueule de requin qui s'était ouverte à côté de lui.

— Naturellement non, répond-elle avec surprise. Je leur ai apporté du lait, mais j'ai souvenir d'avoir soigneusement refermé la porte.

— Peut-être le loquet n'était-il pas bien mis, dit Mackenzie. N'importe, ils sont toujours ici. Le labrador paraît déjà aller mieux — il pourra j'espère manger un repas convenable ce soir. J'aimerais mettre un peu de chair sur ces os.

On ne sait rien des fugitifs à Deepwater, confirme-t-il à sa femme. Ils doivent venir de l'est, car un éleveur de martres, à Archer Creek, a chassé un chien blanc la nuit précédente, le prenant pour un mâtin bien connu pour ses brigandages. La plupart des gens au pays pensaient qu'on avait pu perdre le labrador au cours d'un voyage de chasse, mais personne ne pouvait expliquer sa compagnie avec l'invraisemblable bull. Un facteur indien avait offert de prendre le labrador si personne ne le réclamait car son propre chien de chasse venait de mourir.

— Vraiment non ! interrompt Nell avec indignation.

— Très bien, dit son mari en riant. Je lui ai dit que nous ne les séparerions jamais et souhaitions les garder aussi longtemps que possible. Il m'est pénible de penser qu'un de ces chiens puisse courir en liberté à cette époque de l'année. Mais il faut bien se dire que, s'ils ont un but, rien sur terre ne les retiendra ici. Même s'ils flageolent sur leurs pattes, l'instinct les fera avancer. Tout ce que nous pouvons faire, c'est de les enfermer et de les bien nourrir pendant un petit moment. Ils auront du moins repris des forces.

Après dîner, ce soir-là, les Mackenzie et leurs hôtes se retirent pour veiller dans la petite pièce derrière la cuisine. L'endroit est agréable, les rayonnages encore surchargés de livres d'enfants, de trophées ternis et de photographies. Au mur, des raquettes, des poissons naturalisés voisinent avec des dessins d'enfants, des rubans et un tomahawk. Mackenzie, assis à la table, tire tranquillement sur sa pipe en travaillant au gréement minutieux et compliqué d'une maquette de goélette. Sa femme fait lecture à haute voix du livre *Trois hommes dans un bateau*. Le labrador satisfait et repu a nettoyé des bols de lait frais et de pleines assiettes de nourriture avec un appétit féroce. Étendu de tout son long sous la table, il dort du sommeil de l'épuisement et de la sécurité. Le terrier ronfle doucement, couché au fond d'un vieux divan de cuir, la tête sur un coussin et les quatre pattes en l'air.

La soirée ne sera troublée que par une terrifiante bataille de chats dans la cour. Les deux chiens s'asseyent immédiatement et, au grand étonnement de leurs protecteurs, ils agitent la queue à l'unisson, avec une expression presque identique d'intérêt passionné.

Pour la nuit, Mackenzie reconduit les chiens à l'étable. Il entasse un peu de foin au coin d'une stalle vide, remplit une jatte d'eau, puis ferme la porte solidement derrière lui. Il s'assure que le pêne est enfoncé et bien en place.

Peu après, les lumières de la ferme s'éteignent au rez-de-chaussée d'abord, puis au premier étage.

Couchés dans l'obscurité, les deux chiens attendent. Après un léger grattement sur le bois, c'est le cliquetis du loquet. La porte s'entrebâille juste assez pour laisser passer le corps fluet du chat. Il piétine sur la paille un moment en ronronnant sourdement avant de se pelotonner contre la poitrine du vieux Bodger. Quelques soupirs de satisfaction, puis le silence règne dans l'étable.

À l'heure glacée qui précède l'aube, Luath s'éveille. Dans le ciel, quelques pâles étoiles attardées lui communiquent le message que son cœur connaît déjà. Il est temps de partir. Il faut continuer vers l'ouest.

Le chat le rejoint à la porte de l'étable en bâillant et en s'étirant, puis c'est le tour du vieux chien frissonnant au vent froid de l'aube. Pendant quelques minutes, tous trois restent immobiles à écouter et à regarder la cour de la ferme obscure où les animaux commencent à bouger.

Il est temps de partir. Que de kilomètres à parcourir avant le premier arrêt au soleil ! Silencieusement ils traversent la cour et prennent par les champs. Leurs pattes laissent trois paires d'empreintes dans la légère gelée blanche.

Au moment où ils empruntent une coulée de cerfs qui s'ouvre à travers bois, en direction de l'ouest, une lumière s'allume à la ferme.

Il leur reste à parcourir les cent derniers kilomètres de leur incroyable équipée. Heureusement ils se sont reposés et restaurés, car il va leur falloir maintenant traverser la réserve de chasse de Strellon, une contrée plus solitaire et plus âpre que toutes celles déjà visitées. Les nuits seront glacées, le cheminement dangereux, épuisant, et ils ne pourront compter sur aucun secours humain.

# CHAPITRE X

Peu à peu, les pièces du puzzle s'emboîtent et le tableau prend forme. Dans l'Est canadien, un paquebot remonte le Saint-Laurent, en direction de Montréal, et tandis que les hauteurs de Québec s'estompent dans le lointain, penchés sur le bastingage, les Hunter, revenant de leur long séjour en Angleterre, contemplent le panorama.

Les enfants très excités n'ont pas quitté le pont depuis que le bateau a pénétré dans le golfe. Ils comptent les heures qui les séparent encore de l'instant du retour. Ils sont tout à la joie de revoir leur patrie, leurs amis et leur maison. Par-dessus tout, ils vont retrouver leurs animaux favoris. Élisabeth a discuté de la question à plusieurs reprises, car elle veut qu'on lui affirme que Tao ne l'aura pas oubliée. Elle rapporte pour son chat un collier de cuir rouge.

Pour Pierre, pas de problème. Il est parfaitement heureux et aussi sûr de l'affection de Bodger pour lui que de la sienne envers le chien. Son retour est bien le seul cadeau dont son ami a besoin.

Leur père, en voyant les innombrables bandes de gibier passer dans l'aube canadienne, pense à toutes celles qui voleront là-bas sur le delta et les marais de l'Ouest quand il chassera avec l'ardent Luath…

À quelque mille cinq cents kilomètres plus à l'ouest, John Longridge est assis à son bureau, une lettre de sa filleule à la main. Il remâche des pensées aussi mornes que la maison vide et déserte où il est revenu depuis peu de temps. La petite lui écrit sa joie et ses projets lorsqu'elle aura retrouvé son Tao, et les chiens aussi bien sûr. Vaincu, Longridge pose la lettre sans la lire jusqu'au bout. Son désespoir augmente chaque fois qu'il regarde le calendrier. Si les Hunter prenaient l'avion de bonne heure, ils seraient chez eux demain soir. C'est donc dans vingt-quatre heures qu'il lui faudra annoncer que ses pensionnaires sont partis. Qui plus est, il n'a aucune idée de la direction qu'ils ont prise, ni de ce qui a pu leur arriver !

Tout aussi malheureuse est la brave M^me Oakes. À eux deux, ils ont reconstitué le scénario, le sort advenu à la petite note déchirée, la série de malentendus qui a permis à trois bêtes aussi dissemblables de disparaître sans laisser de traces et avec un stupéfiant esprit d'à-propos. La perfection même de l'évasion l'a convaincu que ses protégés ne se sont pas réellement enfuis. S'ils avaient été malheureux, ils seraient partis à n'importe quel autre moment.

Naturellement, il a déjà envisagé toutes les catastrophes possibles : la mort sur les routes, le poison, les pièges, le vol, la chute dans un puits. Même en faisant un effort d'imagination, il ne peut admettre que trois animaux de caractère aussi différent aient pu partager ensemble un sort identique. Comment un trio aussi remarquable a-t-il pu passer inaperçu ? À l'école, il a déjà interrogé quelques-uns des amis de Bodger. Aucun enfant ne l'a vu durant ces derniers jours. On n'a pas remarqué non plus de voiture étrangère. Rien d'extraordinaire à signaler. Aucun renseignement de la part de la police de la province.

Pourtant, il va lui falloir demain donner aux Hunter des précisions, sinon un espoir. Il prend sa tête dans ses mains et s'oblige à réfléchir méthodiquement. Les animaux ne se sont pas évanouis en fumée, il doit y avoir quelque explication raisonnable, aussi simple et évidente que la trame journalière de leur vie. Il a maintenant une vague réminiscence, mais sans pouvoir la préciser. L'obscurité étant venue, il donne de la lumière et s'avance pour allumer du feu. Le silence dans la pièce est accablant.

Après avoir mis le feu aux brindilles, Longridge regarde les flammes grimper et se remémore la dernière veillée près de ce foyer. Il revoit les yeux de saphir rêveurs dans le loup noir et fier, une silhouette blanche superbement étalée dans son propre fauteuil ; et dans un coin obscur, un fantôme attentif qui se morfond…

Une fois encore, un souvenir le trouble, les yeux de Luath… Son comportement différent… Ce geste inattendu qu'il a eu de lui tendre la patte le dernier matin. Un éclair et Longridge comprend. Se tournant vers M$^{me}$ Oakes qui vient d'entrer, il lui dit :

— Je sais maintenant où ils sont partis. Luath les ramène chez eux. Ils rentrent à la maison.

M$^{me}$ Oakes, incrédule un moment, éclate :

— Non, non, ils n'ont pas pu le faire ! C'est impossible ! Il doit bien y avoir près de cinq cents kilomètres. Quelqu'un les aurait vus et nous l'aurait dit...

Consternée, elle se souvient tout à coup que les deux chiens ne portaient pas de collier, pas plus qu'ils n'avaient de tatouages distinctifs.

— Personne n'aura pu les voir, dit pensivement Longridge. Leur instinct les a guidés sans doute vers l'ouest par la route la plus directe, à travers bois, par la chaîne d'Ironmouth.

— Par les Ironmouth, répète M$^{me}$ Oakes avec horreur. Alors, il n'y a plus rien à espérer si vous avez raison. C'est plein d'ours, de loups, et de toutes sortes de bêtes féroces. S'ils n'ont pas été dévorés dès le premier jour, ils seront morts de faim.

Le désespoir de la bonne dame est si grand que Longridge suggère qu'il y a une bonne chance pour qu'ils aient été recueillis par quelque prospecteur isolé ou un chasseur peut-être...

Mais la femme de ménage inconsolable dit :

— Ne nous leurrons pas plus longtemps, monsieur Longridge. Je suis prête à parier qu'un jeune chien peut traverser ce pays, et peut-être même un chat, car un chat prend soin de sa personne. Mais vous savez aussi bien que moi que le vieux Bodger ne pouvait pas marcher ne serait-ce que pendant quinze kilomètres. Rien que d'aller chez ma sœur et d'en revenir, il était épuisé. Oh ! je sais bien que c'était pour m'attendrir. Mais c'est un fait qu'un chien aussi vieux ne peut survivre à un tel voyage.

Un silence tombe entre les deux interlocuteurs qui regardent l'ombre du soir s'étendre lentement.

— Vous avez raison, madame Oakes, il faut bien envisager que le vieux chien doit être mort. Pour être honnête, je ne donnerais pas cher non plus de la peau de Tao. Les siamois ne peuvent supporter le froid. Mais si vraiment ils sont partis pour retourner chez eux, un gros chien puissant comme Luath doit y parvenir.

— Ce Luath ! dit sombrement M$^{me}$ Oakes. Conduire ce pauvre agneau blanc à la mort ! Et ce chat dénaturé qui l'a poussé sans doute. Non pas que j'aie mes préférences, mais…

Il sait qu'elle était sortie pour pleurer. Longridge téléphone au chef des Eaux et Forêts et reçoit l'assurance que la disparition va être signalée dans toute la région. Les gardes et les forestiers en seront avertis dès le lendemain.

Le garde lui suggère d'appeler un vieux guide qui sait conduire les chasseurs dans les coins les plus reculés et connaît la plupart des Indiens. Malheureusement, cet homme est absent, mais sa femme suggère d'appeler le rédacteur de la rubrique locale du journal de la région.

Ce rédacteur est malheureusement parti pour un reportage, mais sa mère conseille à Longridge de s'adresser au préposé du téléphone rural qui est à lui seul une véritable agence de renseignements. Bref, tout le monde est sympathique et de bon secours, mais il n'en sort rien de positif. Remettant au lendemain la déception de s'entendre dire que le préposé est en visite ou qu'une tempête a abattu toutes ses lignes téléphoniques, Longridge va chercher une carte de la région.

Sur cette carte à grande échelle, il tire une ligne joignant sa petite commune à la ville universitaire où vivent les Hunter. Il note tous les noms de villages situés à proximité de cette ligne. Il constate avec consternation qu'il y en a très peu. Cette ligne passe principalement par les régions inhabitées des lacs et des collines. Les soixante-dix ou quatre-vingts derniers kilomètres sont particulièrement difficiles, car ils traversent la réserve de gibier de Strellon.

Après ce travail, Longridge se sent tout à fait découragé et regrette plus amèrement que jamais d'avoir proposé de prendre les animaux. Si seulement il était resté bien tranquillement chez lui à veiller sur sa maison, ils seraient tous en vie à présent. Après avoir regardé la carte à nouveau, il reste convaincu que la mort par le froid, la faim ou la fatigue a dû être inévitable. Et demain, les Hunter seront rentrés chez eux !

Découragé, il décroche le combiné et appelle quand même l'homme du téléphone…

Tard dans la nuit, une sonnerie retentit. C'est un autre préposé, celui de Lintola, qui a quelques renseignements. Longridge jette un coup d'œil à sa carte pour découvrir que Lintola est situé à plusieurs kilomètres au sud de sa ligne. Voilà les renseignements : la maîtresse d'école de l'endroit a raconté que la petite Nurmi a sauvé un chat siamois à demi noyé dans la rivière Keg, il y a deux semaines environ, mais quelques jours après, il s'est sauvé. Si on voulait appeler le 29 à Lintola le lendemain vers 4 heures, la maîtresse demanderait à l'enfant de venir parler elle-même.

L'autre information, la voici sous toutes réserves : lorsque le vieux Jeremy Aubyn, vivant à la mine de Doranda, était venu comme chaque mois prendre son courrier, il avait parlé de « visiteurs » alors que chacun savait que son dernier visiteur avait été son frère, mort maintenant depuis trois ans. Pauvre vieux. Il avait parlé de « gens délicieux ». Le préposé d'ajouter non sans une certaine délicatesse : « Comme le vieil homme vit depuis si longtemps dans la seule compagnie d'animaux sauvages, il a pu se tromper. »

Longridge remercie chaudement, pose le récepteur et reprend la carte. Il néglige le renseignement du vieux solitaire qui a probablement rencontré des prospecteurs ou des Indiens et se concentre sur Lintola. Les événements semblent lui donner raison, les trois bêtes sont en route vers leur maison. Le chat était vivant deux semaines auparavant et avait déjà dû parcourir cent soixante kilomètres. Qu'était-il arrivé aux deux autres ? Luath était-il mort ? S'était-il noyé complètement, lui, sans la petite fille ?...

En proie à l'insomnie, il songe qu'il donnerait bien n'importe quoi pour entendre le bruit annonçant d'habitude l'arrivée du vieux chien sur son lit. « Cette nuit, pense-t-il, je lui céderais volontiers tout le lit, et j'irais moi-même dormir dans le panier, s'il voulait revenir ! »

## CHAPITRE XI

Les coups de téléphone envoyés par Longridge le soir de son retour ont donné des résultats. Durant la semaine suivante, avec la famille Hunter, il passe des heures à confronter des témoignages parfois si contradictoires qu'ils sont sans intérêt et d'autres parfois si concordants qu'on a du mal à les croire exacts. On dirait que toute personne qui a rencontré un chien ou un chat sur une route depuis cinq ans a décroché le téléphone. Dans l'ensemble, les correspondants ont été extrêmement aimables et la preuve de plusieurs rencontres réelles est acquise.

Les résultats confirment la supposition première de Longridge : les chiens (car on ne sait presque rien de plus sur le chat) ont pris la route la plus directe vers l'ouest, conforme à son tracé sur la carte.

Par le guide de chasse, on sut qu'un de ses pisteurs indiens, ayant rencontré un cousin récemment revenu de la cueillette du riz, racontait une histoire extravagante de chien et de chat sortis de la nuit pour jeter un charme sur la récolte de riz qui avait été multipliée par cent. La petite Helvi Nurmi, de sa voix désolée, décrivit en détail le magnifique siamois qui était resté si peu de temps chez elle. Un forestier avait rencontré deux chiens en pleine montagne. À Philipville, on avait entendu un fermier hargneux dire que s'il pouvait mettre la main sur certain chien blanc, il lui romprait les os. Cette bête vicieuse, laide comme le péché, avait étranglé ses meilleurs poulets sélectionnés et primés, puis sauvagement mordu son pauvre colley si pacifique.

En apprenant cette nouvelle, Pierre n'avait pu s'empêcher de sourire. C'était là du Bodger tout craché, toujours dans les bagarres et s'y amusant pleinement. Le vieux bouffon obstiné n'était pas fait pour la tristesse. Malheureusement, la conviction du garçon était maintenant acquise : Bodger était mort, Luath aussi, c'était sûr. Élisabeth pensait l'inverse : elle demeurait convaincue que son Tao vivant reviendrait tôt ou tard. Rien ne pouvait ébranler cette confiance, pas même le manque de nouvelles depuis que le chat avait quitté les Nurmi. Elle repoussait toutes les raisons pouvant s'opposer à son retour. Un jour, le siamois reparaîtrait repentant. Elle réprimanderait comme il le méritait ce vagabond insouciant et lui mettrait son nouveau collier rouge.

En vérité, la petite fille est bien la seule à garder confiance. L'excellent James Mackenzie a certes téléphoné que les deux chiens étaient vivants dix jours auparavant, mais entre sa maison et le but final, les voyageurs se sont aventurés dans une région sauvage et déserte, assez rude pour lasser même un chien frais et puissant et à plus forte raison ce chef de file malade, affamé, épuisé, décrit par Mackenzie, et le vieux Bodger plein de bonne volonté certes, mais affaibli par l'âge. Il faut espérer seulement que la mort aura été rapide et miséricordieuse.

Longridge demeure encore chez les Hunter. Il prolonge sa visite pour deux raisons, d'abord pour ne plus entendre les appels téléphoniques décourageants de gens bien intentionnés mais mal informés, ensuite pour être présent le jour du douzième anniversaire de Pierre. À cette occasion, le dimanche suivant, il suggère que toute la famille aille camper dans le chalet d'été au bord du lac Windigo. Il suffit de prendre des sacs de couchage et de n'utiliser que la salle de séjour et la cuisine qu'on peut chauffer avec le poêle.

Élisabeth a quelques scrupules à quitter la maison. Et si Tao choisissait ce moment pour rentrer ! Longridge lui montre que le lac Windigo se trouve sur la route directe qu'il a tracée sur la carte ; Tao connaît bien les lieux car il a toujours été de toutes les expéditions avec les chiens. Élisabeth semble rassurée et fait un petit paquet du collier rouge.

À cette époque, le paysage est bien différent : plus de bateaux sur le lac, les bâtiments voisins aveugles, cadenassés et vides. Maintenant que les arbres sont dépouillés de leurs feuilles et le sous-bois éclairci, apparaissent des pistes dont on ne soupçonnait pas l'existence.

Pierre, qui possède un nouvel appareil photo, passe des heures à guetter les écureuils et les oiseaux. Élisabeth vit la majeure partie de ses journées dans l'abri perché entre trois grands bouleaux, au bord du lac.

Dans l'après-midi du dimanche, jour anniversaire de Pierre, il est décidé que l'on va faire une dernière expédition. On prendra le chemin d'Allen Lake, puis on coupera droit par le versant de la colline vers Lookout Point et on reviendra par le bord du lac. L'air est clair. Craquantes, les feuilles sont comme un tapis doux et épais sur les sentiers : partout règnent la paix et la quiétude des forêts du Nord.

Chacun garde pour soi ses pensées intimes. À Jim Hunter, la promenade sans chien n'offre qu'un intérêt médiocre. Il se souvient des jours d'automne où, le fusil à la main, il parcourait ces solitudes, avec Luath sur les talons. Il revoit les aubes et les crépuscules passés dans les marais et les lacs du Manitoba. Que d'heures d'attente patiente, enfoui dans un canot ou caché dans un affût ! Ce qui peine Hunter par-dessus tout, c'est ce qu'a raconté Mackenzie au téléphone à propos des canards. Son brave chien a dû être très humilié de ne pouvoir prendre l'oiseau correctement dans sa gueule pour le rapporter dans les règles de l'art.

Pierre, qui a pris un raccourci à flanc de colline, s'assied sur un rondin et se souvient. L'an passé, il a essayé de faire de Bodger un chien de chasse. Après avoir fait feu avec son fusil d'enfant, il lui lançait dans le taillis un vieux gant de cuir rembourré. À la première tentative, coopération bienveillante et rapports rapides. Ensuite, ce fut l'ennui : queue flasque, oreilles basses, surdité complète, pattes boiteuses et par-dessus tout un air de martyr. Les deux jours suivants, après que le gant avait été lancé, Bodger sortait du taillis, l'air diligent et étonné, mais sans l'apporter. Le troisième jour, Pierre avait surpris Bodger en train de creuser furieusement la tombe du troisième et dernier gant.

En soupirant, il essuie ses yeux du dos de la main et ramasse l'appareil photo en entendant la famille qui approche. Tout le monde se repose un long moment sur les roches plates de Lookout Point, là où les Indiens allumaient jadis leurs feux de signalisation. À l'infini, c'est un moutonnement de chaînes de lacs et de collines boisées jusqu'à la tache lointaine du lac Supérieur. Tout est calme et tranquille, à l'exception du pépiement de quelques petits oiseaux.

Tout à coup, Élisabeth se lève :

— Écoutez ! dit-elle. Écoutez ! Papa, j'entends un chien aboyer.

Un silence complet tombe et chacun tend l'oreille en direction des collines. On n'entend rien.

— Tu te fais des idées, dit sa mère. Peut-être est-ce un renard. Venez, il faut repartir.

— Attendez, attendez, rien qu'une minute. Vous allez le réentendre dans une minute.

La mère se souvient que l'ouïe de la fillette est assez fine pour entendre des bruits extrêmement ténus. Elle demeure donc silencieuse. Tout à coup, l'expression anxieuse et tendue d'Élisabeth se transforme en sourire.

— C'est Luath, annonce-t-elle fermement. Je reconnais son aboiement.

— Ne nous fais pas cela, Élisabeth, dit le père incrédule. C'est...

Maintenant c'est Pierre qui croit entendre quelque chose :

— Chut !...

Un temps. Chacun s'efforce d'entendre, ausculte le silence avec angoisse. Rien...

Pourtant, la certitude d'Élisabeth est si nettement inscrite sur son visage que Jim Hunter éprouve un singulier espoir. Il est sûr que quelque chose va arriver. Il se lève et dévale l'étroit sentier jusqu'au carrefour du chemin qui contourne la colline.

— Siffle, papa, dit Pierre hors d'haleine.

Le son retentit pénétrant et aigu, et avant que l'écho ne le renvoie, de joyeux cris éclatent dans les collines environnantes.

Ils demeurent là au bout du sentier, tous les sens tendus, les nerfs à vif, prêts à accueillir le voyageur fatigué venu de si loin, soutenu par sa foi intérieure. L'attente ne sera plus longue. Les buissons s'agitent légèrement, livrent passage à un petit être couleur de blé mûr, aux extrémités noires, qui atterrit à leurs pieds avec une grâce nonchalante. En même temps, avec ses miaulements surnaturels et discordants de siamois, le chat exprime sa satisfaction.

La figure d'Élisabeth rayonne de joie. Elle s'agenouille et prend le chat qui ronronne.

— Oh ! Tao, dit-elle doucement, alors qu'il noue amoureusement ses pattes noires autour de son cou. Tao, chuchote-t-elle, en cachant son nez dans la fourrure parfumée de thym.

Tao resserre tellement son étreinte qu'Élisabeth en suffoque presque.

Un instant plus tard, le labrador apparaît ; ce n'est plus que l'ombre efflanquée du beau chien que Longridge avait laissé chez lui. Il court vers son maître aussi vite que ses pattes peuvent le porter et tout ce qui agitait son âme s'exprime par ses yeux.

L'expression du chien et celle de son maître sont telles que Longridge, qui n'a jamais cru être particulièrement émotif, doit tout de même se détourner en affectant d'avoir à desserrer les pattes de Tao du cou de la petite.

Les minutes passent ; tout le monde se met à parler. On entoure le chien, on le caresse, on le tapote, on le rassure, si bien qu'il se met à aboyer sans fin tout en frissonnant et sans perdre de vue un instant le visage de son maître. Le chat, sur l'épaule d'Élisabeth, se croit autorisé à miauler aussi. Tout le monde rit, parle ou pleure à la fois.

Puis, tout à coup, comme si la même pensée était venue à tout le monde, c'est le silence. Personne n'ose regarder Pierre. Il est assis à l'écart, en train de casser et recasser une brindille. Quand Luath vient lui faire fête, il dit :

— Je suis content qu'il soit revenu, papa. Et ton vieux Tao aussi, ajoute-t-il à l'adresse d'Élisabeth en s'efforçant de sourire.

Élisabeth, si positive, fond en larmes. Pierre, maladroit et embarrassé, gratte Tao derrière les oreilles.

— Je ne m'attendais pas à autre chose, je l'avais dit.

Et avec une gaieté forcée, il ajoute :

— Continuez, je vous rejoindrai plus tard. Je vais remonter voir si je peux faire une photo d'un oiseau que j'ai vu.

Jamais il ne pourra y avoir de photo plus floue, pense *in petto* l'oncle John, puis, mû par une impulsion soudaine :

— Et si je venais avec toi, Pierre ? Je pourrais jeter des miettes et faire approcher ton oiseau.

Il s'attend à un refus, mais, à sa grande surprise, le jeune garçon accepte.

Ils regardent s'éloigner le reste de la famille, Tao dans les bras d'Élisabeth, Luath enfin parvenu à sa position rêvée, sur les talons de son maître.

De retour à Lookout Point, ils prennent quelques photos, admirent une excroissance bizarre sur un arbre, parlent fusées, orbite, espaces interplanétaires. Ils méditent sur les sept estomacs de la vache, sur le temps du lendemain, mais ni l'un ni l'autre ne parlent de chiens. Arrivé à la croisée des chemins, Longridge jette un coup d'œil sur sa montre : il est temps de rentrer.

— Il vaudrait mieux…, commence-t-il en regardant Pierre, mais il se tait en voyant l'expression de l'enfant et en suivant la direction de son regard.

Au milieu du chemin, encore éclairé par les derniers rayons du soleil, arrive, bourlinguant au rythme bien spécial de son roulis particulier, le vieux briscard. C'est bien sa queue écorchée, ses oreilles déchiquetées et son nez noir et rose qui essaie de sentir tout ce que sa vue courte lui cache. Maigre et fatigué, mais toujours optimiste, le vieux guerrier heureux et affamé revient du désert. Il arrive, très beau pour une fois et aussi vite qu'il le peut. Et sa course s'accélère au fur et à mesure qu'il approche de Pierre, tandis que ce dernier va lui aussi vers son chien en courant comme jamais il n'a couru de sa vie.

Pour Longridge qui observe, c'est pendant quelques minutes un tourbillon d'enfant et de chien situé dans un monde qui leur appartient. Subitement, il voit passer comme un éclair une fourrure beige, un masque noir et une longue queue. C'est Tao qui revient vers son vieil ami pour finir avec lui le voyage.

## POCKET *junior*

## *C'est ça la vie !*

### *À découvrir dans la même collection :*

**Le voyage de Mémé**
Gil Ben Aych

**La bille magique**
Min Fong Ho

**La longue route d'une Zingarina**
Sandra Jayat

**La cavale irlandaise**
Walter Macken

**Tony et le goéland**
Sue Mayfield

**Adieu, mes douze ans**
Betty Miles

**Cabot-Caboche**
**L'œil du loup**
Daniel Pennac

**Ana Laura Tango**
Joachim Friedrich

**Le secret**
Jacqueline Woodson

---

Achevé d'imprimer en juin 1997
par Maury-Eurolivres S.A. - 45300 Manchecourt

Dépôt légal : juillet 1997.

POCKET - 12, avenue d'Italie - 75627 PARIS Cedex 13